中国神话故事

竹马书坊 编著

上

古吴轩出版社

图书在版编目（CIP）数据

中国神话故事. 上 / 竹马书坊编著. -- 苏州 : 古吴轩出版社，2021.3
ISBN 978-7-5546-1660-4

Ⅰ. ①中… Ⅱ. ①竹… Ⅲ. ①神话－作品集－中国 Ⅳ. ①I277.5

中国版本图书馆CIP数据核字（2020）第239307号

责任编辑： 蒋丽华
见习编辑： 黄菲菲　张雨蕊
策　　划： 村　上　呼　怡
插画绘制： 秦　婷
装帧设计： 侯茗轩

书　　名： **中国神话故事（上）**
编 著 者： 竹马书坊
出版发行： 古吴轩出版社
地址：苏州市八达街118号苏州新闻大厦30F　　邮编：215123
电话：0512-65233679　　传真：0512-65220750
出 版 人： 尹剑峰
印　　刷： 唐山富达印务有限公司
开　　本： 880×1230　1/32
印　　张： 10.5
字　　数： 166千字
版　　次： 2021年3月第1版　第1次印刷
书　　号： ISBN 978-7-5546-1660-4
定　　价： 98.00元（全三册）

如有印装质量问题，请与印刷厂联系。022-69381830

前言

闻一多先生曾经说过："神话是一个民族最早的传统思想文化体现。" 由此可见，神话作为民族文化的源头，作为解读一个民族的密码，值得每个孩子去阅读。

中国神话故事是我国历史的开端，是我们民族的童年印记，是我们的祖先经过长期的社会实践，在劳动生活中创造出来的一种文学样式。盘古开天地、女娲造人、共工怒触不周山、夸父逐日、嫦娥奔月、哪吒闹海等一个个耳熟能详的神话故事，恰恰是我们的祖先对于天地宇宙、人类起源、自然万物、生命探索、部族战争、劳动生活等一切不理解的事物的最为稚拙的幻想，天马行空，无不闪烁着想象的光芒。

当时人类的智慧刚刚萌芽，对一些自然现象根本没有办法解释，因此只能根据自己狭隘的生活体验进行想象。比如，他们不明白世间为什么会有天地之分，会有风雨雷电，因此便想象出了盘古开天辟地的神话；不明白万事万物的由来，于是便想象出了创世女神女娲；不明白为何会出现日月西行、江河东去的现

象，于是便想象出了共工撞断了不周山，“天柱折，地维绝”，从此“天倾西北，故日月星辰移焉；地不满东南，故水潦尘埃归焉”。这一个个闪烁着想象之光的神话，反映了人们对美好生活的向往和追求，它们的神奇瑰丽，散发着无穷的艺术魅力。

然而，和希腊神话不同，中国神话不成体系，只是零散地分布在一些典籍之中。对此，我们编排的这套《中国神话故事》，对神话中错综复杂的人物关系进行了梳理，精心选取了近百篇可读性强的神话，用生动有趣、轻松简洁的文字，为孩子们讲述精彩纷呈的神话故事。每个故事篇首设置“导语”版块，在激发孩子们好奇心的同时，可以带孩子们走进神秘的神话世界并帮助他们轻松理解神话内容；篇末设置“人物介绍”“引经据典”版块，带孩子们了解不同神话人物的性格特征，同时为所选神话提供学术支持，确保其准确性。此外，全书搭配了精彩传神的插画，图文并茂，可进一步激发孩子们的阅读积极性。

神话是我们的文化土壤，离开了神话的民族，就像古希腊神话里的安泰，失去了大地之根的滋养和护佑，生命终将萎谢。愿我们的孩子，在成长的历程中总有神话相伴，能从神话中找到前行的动力和勇气。

编者

目录

001 盘古开天地

005 女娲造人

010 有巢构木

013 燧人取火

016 伏羲画卦

020 神农尝百草

026 轩辕黄帝

030 黄帝擒蚩尤

034 风后指南

038 玄女赐书

040 常先制鼓

045 旱神女魃

050 刑天断首

053 少昊的百鸟国

057 颛顼分天涧地

060 木神句芒

064 火神祝融

067 金神蓐收

070 海神玄冥

073 龙伯钓鳌

077 仓颉造字

081 隶首作数

084 伶伦造律

089 共鼓凿舟

092 岐伯修医

094 蚕马献丝

097 嫘祖始蚕

100 方雷氏发明梳子

102 彤鱼氏发明筷子

104 嫫母磨镜

盘古开天地

导语

据说远古时候，天地浑然一体，就像是一个大鸡蛋。直到有一天，出现了一个名叫盘古的神，他力大无比，劈开了天地，从此之后，世间便有了天地之分。

很久以前，天地浑然一体，到处都是一片混沌。它不分东西南北，也不分上下左右，无边无际，就像一个圆圆的鸡蛋。在这个“圆圆的鸡蛋”里，人类的祖先——盘古——正在生长着。

过了一万八千年，盘古渐渐长大了。他看到眼前黑漆漆的一片，非常生气，就制造了一把斧头，然后高举起斧头冲着这个“鸡蛋”猛劈过去。只听得一声巨响，“圆圆的鸡蛋”居然被他劈裂了。阳气轻盈明澈，迅速上升变成了蓝天；阴气沉重浑浊，快速下沉变成了大地。从此之后，世上便有了天地之分。

盘古开天辟地后，他担心天地会再次合拢，于是头顶蓝天，脚踏大地，稳稳当当地支撑在天地之间。天每天都会增高一丈，地每天都会增厚一丈，盘古为了支撑天地，每天也随之长高一丈。很快，又过去了一万八千年。这时天已经足够高了，地已经足够厚了，盘古也长成了一个巨人，足足有九万里高。他顶天立地，就像一根柱子一样支撑着天和地，这样一来，天地就再也无法合拢了。

因为盘古是开天辟地的人，所以每当盘古的情绪发生变化时，天地间就会随之发生相应的变化：盘古怒气冲天，天空就会特别阴沉；盘古兴高采烈，世间就会阳光明媚；盘古唉声叹气，地上就会刮起狂风，飞沙走石；盘古哭泣，天空就会下雨，雨水落到地上，汇聚成江河湖海。

又过了很久很久，盘古用尽了全身的力气，终于倒下了。他倒地的一瞬间，巨大的身躯发生了变化：头部隆起，变成了东岳泰山；脚朝着天空，变成了西岳华山；肚子高高挺起，变成了中岳嵩山；两个肩胛（jiǎ），一个变成了北岳恒山，另一个变成了南岳衡山；毛茸茸的、又细又密的头发和汗毛，变成了覆盖大地的花草树木。

盘古以一把斧头使得天地初开，死后又把自己的身体全部献给了天地，让世界变得越来越美丽。因此，在古代神话中，盘古是最伟大的神，也是人类的始祖。

人物介绍

盘古：传说中开天辟地的人物，是我国神话传说中最古老的神。

引经据典

《三五历纪》：天地浑沌如鸡子，盘古生其中。万八千岁，天地开辟，阳清为天，阴浊为地。盘古在其中，一日九变，神于天，圣于地。天日高一丈，地日厚一丈，盘古日长一丈。如此万八千岁，天数极高，地数极深，盘古极长。

女娲造人

导语

盘古开辟出的世界固然美丽，可是却一片沉寂。这个时候，出现了一个名叫女娲（wā）的神，她抟（tuán）土造人，让人类的足迹布满了大地上的每一个角落。

盘古开天辟地后，天上有了日月星辰，地上有了山川草木，渐渐地，还有了鸟兽虫鱼，可是始终没有人类的影子。这世间，如果没有人，总归是寂寞凄凉的。

不知何时，天地间出现了一个神通广大的女神，名字叫作女娲。女娲法力无边，据说她在短短一天的时间里，就能够变化七十次。有一天，女娲在辽阔无边的原野上行走着，看到周围一片荒凉，一阵寂寞之感不由得涌上心头。她突然觉得，应该在这天地之间创造一些有生命的东西，这样整个世界才会变得生机勃勃。

到底应该创造什么呢？

女娲一边走一边想，当她感到有些疲倦时，便坐在一个池塘旁边想要休息一下。池塘里的水非常干净，清晰地映照出女娲的身影和面容：女娲笑，池塘里的影子也笑；女娲佯装生气，池塘里的影子也跟着生气。女娲的脑海中灵光一闪：“尽管这世间有山川河流、虫鱼鸟兽，但是没有一种东西和我一样。我可以创造一些和我一样的生物，让他们在世间生活啊！”

想到这里，女娲顺手从池塘边抓起一把黄泥，又加了一点水，然后在手中不停地揉搓着，揉搓着，居然把黄泥团揉搓成了一个泥娃娃。

女娲刚刚把这个泥娃娃放到地上，小家伙马上就活了，而且高兴得又蹦又跳，看起来，他为自己获得了生命而欣喜不已呢！他笑盈盈地冲着女娲喊：“妈妈！妈妈！”看到自己亲手捏的泥娃娃活了，不仅漂亮，还很聪明，而且管自己叫“妈妈”，女娲也不由得满心欢喜，眼角眉梢都是笑意。

女娲给这个泥土做成的小娃娃取名“人”。人是由女娲创造的，因此虽然身体娇小，但是不管是相貌还是举动，都与女娲非常相像，而

且比天上飞的鸟儿和地上爬行的野兽聪明多了。由此可见，人似乎是来掌管世间的。

女娲对人感到很满意，因此决定继续造人。就这样，女娲用黄泥做了很多拥有生命的小人儿，他们能说会走，非常可爱。这些小人儿感激女娲给了他们生命，全都围绕在女娲的周围跳跃。女娲感到心满意足，很是欣慰。从此之后，有小人儿陪伴女娲生活在这世界中，女娲再也不觉得寂寞和孤独了。

女娲想尽快造出更多的小人儿，这样就可以把空旷的大地填满了。于是她从早晨到深夜，一直不辞辛苦地工作着。她仿佛不知疲倦，直到晚霞布满天空，星星和月亮爬上夜空，周围万籁俱寂，她才把头枕在山崖上，小憩片刻。第二天，东方刚刚泛起鱼肚白，她便驱散困意，赶紧起身继续工作。

但是，大地太辽阔了，女娲筋疲力尽，也没有创造出足够多的小人儿。有一天，女娲实在太累了，就靠在池塘旁边的大树上休息。她捡起一根树枝在泥塘里搅拌，思考着怎样才能更快地造出小人儿。她无意间把沾满泥浆的树枝朝地面一挥，却发现挥落的泥点全都变成了小人儿。她茅塞顿开，决定就用这种方法造人。

她不顾疲惫，赶紧爬上悬崖峭壁，拉扯下来一条长长的枯藤，然后将枯藤伸入泥潭里，把泥潭里的黄泥和水搅拌均匀。这样一来，泥潭里就满是浑黄的泥浆了。女娲猛地抽出枯藤向着地面使劲挥洒，泥点溅落之处，无数小人儿诞生了，他们全都拥有生命，鲜活无比，容貌和之前女娲用黄泥揉搓捏成的小人儿很像。

这可真是个造人的好方法啊！每次，女娲只要挥舞藤条，就有很多很多的小人儿出现。

很快，人类的踪迹就布满了大地上的每一个角落。

虽然女娲已经创造出

了人类，但是她的工作一直没有停止，因为她担心如果一部分人死了，人类的数量就会减少。如何才能让人类生生不息地繁衍下去呢？这个问题可把女娲难倒了。

女娲想啊想啊，终于想出了一个好办法。她把所有的小人儿分成男人和女人，让男人和女人创造后代，繁衍生息。就这样，人类一代又一代地延续着，生生不息一直到今天。

人物介绍

女娲：我国神话传说中的创世女神，被后人尊称为“大地之母”。

引经据典

《风俗通义》：俗说天地开辟，未有人民，女娲抟黄土作人。剧务，力不暇供，乃引绳于泥中，举以为人。

有巢构木

导语

女娲造出了人，可是这些人却居无定所，在阴暗的洞穴里藏身。后来，有人教大家把房子建在了树上，这样不仅改善了居住环境，还能够躲避洪水和猛兽……

当人类的足迹遍布大地后，他们却并没有固定的居所。为了躲避猛兽，遮风避雨，人类住在山洞里。但是，山洞潮湿阴暗，而且洪水肆虐时，还常常会灌进山洞里，威胁人类的生命。

那些小动物怕人，但是凶猛的野兽却会进入山洞，袭击人类。为了居住得更安全，有个人教大家就地取材，用树枝、树叶等在树上搭建简单的房屋。这样一来，人们就无须住在阴暗潮湿的洞穴中，还能够躲避洪水和野兽的侵袭。因为最初的房子建在树上，就像鸟类的巢穴，所以人们尊称这个人为“有巢

氏”，还把树上的房屋称为“树上居”。

为了感谢有巢氏改善了人类的居住环境，部落里的人推选有巢氏担任部落首领。有巢氏担任部落首领后，更加关心百姓。后来，他发现房屋建造在树上容易随风摇摆，很不安全，因此每天都苦思冥想如何改进。

随着不断改善，逐渐出现了建造在平地上的房屋。很多部落的人都来向有巢氏学习建造技术，都十分尊重有巢氏，有巢氏的名气越来越大。越来越多的部落都推选有巢氏担任部落联盟首领，并将德高望重的有巢氏尊称为“巢皇”。

不管是树上的房屋，还是地上的房屋，和洞穴相比，都是更为稳定安全的住所，对于提高人类的生存质量，促进人类文明的发展，延长人类的寿命，都有重大的意义。

有巢氏让人们第一次有了“家”的概念，后人很少把他当作高高在上的神祇（qí），而是把他当成一位发明创造了房屋的英雄来纪念。

人物介绍

有巢氏：亦称“大巢氏”，相传他仿鸟筑巢、构木为屋，为人们解决了衣食住行中“住”的问题，被尊奉为中华民族的人文始祖之一。

引经据典

《庄子·杂篇·盗跖》：古者禽兽多而人少，于是民皆巢居以避之。昼拾橡栗，暮栖木上，故命之曰有巢氏之民。

燧人取火

> **导语**
>
> 上古时期，人们不知道什么是火，更不会使用火，直到有一天，燧人氏从燧明国找回了能够取火的燧木……

远古时期，世间非常蛮荒，人们根本不知道该如何使用火。每当夜幕降临，大地陷入黑暗之中，凶残的野兽出没，发出让人害怕的吼叫声。人们只能蜷缩在一处，挨挨

挤挤，一起战胜寒冷和恐惧。又因为没有火加热和烹饪食物，人们只能吃野果和生肉，很容易生病，活不了多长时间就会死去。

看到这种情况，燧人氏非常焦急。为了让人们能够吃到烤熟的食物，他决定去传说中的燧明国寻找火种。

燧明国在遥远的西方，那里偏僻荒远，四季不分，终年不见太阳和月亮。但是，燧明国并不黑暗，因为燧明国有一棵大树，名叫燧木。燧木十分高大，树枝长得非常茂盛，把整个国家都覆盖住了。从天空俯视下去，燧明国简直暗无天日；但是如果站在燧木下，就会发现燧明国到处都有美丽的火光在闪烁，亮如白昼。这是为什么呢？原来，燧木质地坚硬，只要快速摩擦就能产生热量，并开始燃烧。

为了找到火种，燧人氏不远千里，来到了燧明国。他走累了，于是坐在燧木下休息，无意间抬起头，突然发现树上有许多长得像鸱鸮一样的鸟儿，它们正在用喙啄树枝，每啄一下就会闪出明亮的火星。燧人氏深受启发，他试着用一根削得很尖的燧木枝去钻另一根燧木枝，果然，在尝试了无数次之后，尖尖的木头在快速摩擦中产生了火焰，这就是钻木取火。燧人氏回来后赶紧把钻木取火的方法教给部落里的人们，这样一来，人们就可以方便地取火，渐渐地习惯了吃熟食。

从此以后，人们终于可以使用火来照明取暖、加热食物了。虽然时光不停地流逝，然而人们从未忘记燧人氏找到火种的功劳，始终在纪念着燧人氏。

人物介绍

燧人氏：三皇之一。他钻木取火，开创了我国的火文明，被后世奉为“火祖”。

引经据典

《拾遗记》：国有火树，名燧木，屈盘万顷……乃至南垂，目此树表，有鸟若鸮，以口啄树，粲然火出。圣人感焉，因取小枝以钻火，号燧人氏。

伏羲画卦

导语

上古时期，人类还处在愚昧之中，天气变化、日月运转、生老病死，没有人能够解释清楚。直到伏羲（xī）画出了八卦，一切疑惑才迎刃而解……

传说，八卦是伏羲画的。

伏羲的降生，非常离奇。相传有个名叫华胥的姑娘，有一天去一个名叫雷泽的地方游玩，偶然看到了一个巨大的脚印，便好奇地踩了一下，于是就有了身孕，怀孕十二年后生下一个男孩。这个男孩有蛇的身体、人的脑袋，取

名为伏羲。

伏羲非常勤劳，在部落里享有很高的声誉。当时，人类还处在蒙昧时期，生活异常艰辛。天气的变化、日月的运转、人的生老病死，大家都不知道是什么缘故。伏羲也十分茫然，他非常想把这些事情弄清楚。一有时间，伏羲就会盘坐在卦台山上，苦苦思考宇宙的奥妙。哪怕斗转星移，他也从没有片刻懈（xiè）怠；哪怕刮风下雨，他也没有片刻停止。他仰头观察日月星辰的变化，低头观察山川风物的法则，经年累月，不忘初心。

在漫长的岁月中，天地被伏羲的精诚感动了。有一天，伏羲正盘坐在卦台山上，眼前突然出现了幻境：只听到一声巨响，渭河对岸的龙马山突然一分为二，从巨大的裂缝中，龙马扑腾着翅膀飞了出来，顺河而下，落在河心的一块分心石头上，只见它的身体上卦象分明，熠熠闪光；这时候，分心石变幻出太极阴阳两极缠绕的图像，光芒四射。伏羲看着眼前的一切，内心受到了极大的震撼。他顷刻之间就洞察了天人合一的秘密：原来天地之间仅仅是分阴阳而已呀！这是多么简单明了的道理啊！

明白了阴、阳的道理，伏羲还根据龙马背负“河图”的启示，用一横代表阳、两短横代表阴，阴阳组合，画出八种不同图案，分别象征天、地、雷、风、水、火、山、泽。伏羲八卦后来被周文王演绎为六十四卦，形成了影响深远的《易经》学说。

八卦，是人类认识自然的一次飞跃。伏羲一画开天地，打开了人类理性思维的大门。后世的人们生活得越来越好，也把世界建设得更加美好，然而他们从没有忘记伏羲的恩泽，世世代代都在缅怀伏羲。

人物介绍

伏羲：华夏民族人文先始，三皇之一。相传他人首蛇身，创造出了占卜和八卦。

引经据典

《尚书·顾命》：伏羲王天下，龙马出河，遂则其文以画八卦，谓之河图。

神农尝百草

导语　上古时期，人们分不清楚药物和百花、五谷和杂草。神农氏不辞辛苦，冒着生命危险为人们辨别出了可以充饥的麦、稻、谷子、高粱等，并且编写出了能指导人们治病的《神农本草经》。

神农氏出生在烈山的一个石洞里，相传他牛头人身。由于他不同寻常的长相再加上勤劳勇敢的品质，他长大后，族人们推举他做了部落首领。因为他的部落居住在炎热的南方，称“炎族”，所以大家也称他为“炎帝”。

神农氏生活的时代，药物和百花不分，五谷和杂草混杂，人们根本不知道哪些草药可以治病救人，哪些粮食可以食用果腹。百姓们还分不清五谷，不能靠种庄稼过日子。他们只能通过打猎来填饱肚子。随着时间的流逝，地上的野兽越来越少，空中的飞禽也渐渐地灭绝了踪迹，人们不得不忍饥挨饿。除了吃不饱之外，百姓们一旦生病，由于没有药材治病，轻则被折磨得痛苦不堪，重则因此而失去性命。

看着百姓们生活在水深火热之中，神农氏陷入了沉思。他每天都在想怎么做才能让百姓们吃饱，又到底怎么做才能为百姓治疗疾病。

神农氏绞尽脑汁，最终想出了一个冒险的方法。于是，他带着一些大臣，从家乡随州烈山出发，向西北的大山走去。在神农氏的带领下，大家走了很久，脚上磨起了老茧，腿也越来越肿胀了。但是，他们始终坚定不移地追随着神农氏，没有人叫苦，更没有人掉队。

七七四十九天过去，神农氏带领大臣们来到了一个峡谷。他们正走着，突然一群猛兽从峡谷里蹿出来，虎视眈眈地围绕在他们身边。神农氏命令大臣们挥舞神鞭，试图驱散野兽，但是野兽数量众多，刚刚被驱散一批，马上就又拥上来一批。这场与野兽之间的恶战，打了七天七夜。在神农氏的带领下，众人齐心协力，才赶走所有的野兽。正是因为他们用神鞭抽打过那些野兽，所以老虎、豹子、蟒蛇身上才有了一条条一块块的伤痕，最终变成了斑纹。

驱散了猛兽，神农氏才有时间观察四周的环境。他看到周围高山绵延，峡谷幽深，山上长满各种奇异的花草，还隔着很远呢，就能闻到浓郁的香气。大臣们都觉得这个地方虽然风景美丽，但是处处充满了危险，纷纷劝说神农氏赶紧往回走。神农氏却摇摇头说："绝对不能回去！老百姓们吃不饱肚子，生病了也没有药材可以治疗，我们如果就这样回去了，他们就是死路一条啊！而且，这里的野兽力大无穷，这说明这里一定生长着奇花异草，它们具有神奇的功效。"

说完这番话，神农氏带头走进幽深的峡谷，一座高耸入云的山峰映入眼帘。这山特别特别高，山腰云彩缭绕，根本看不见山顶。山的底部四面都是刀切般的崖，崖上还悬挂着瀑布，长满了滑溜溜的青苔。除非有登天的梯子，才能爬到山顶上。大臣们看着高耸入云的山，又打起了退堂鼓。神农氏又拒绝了。

神农氏爬到附近的一个小石山上，仰望着高山，经过一番仔细的观察，终于想出了一个办法。原来他发现有几只金丝猴，顺着高高悬垂下来的古藤灵活地跳跃，又借助横倒在崖腰的朽木，终于爬到了它们想去的地方。神农氏深受启发，立刻召集大臣们砍伐树木，收割藤条，靠着山崖搭建梯子。这项工作的难度很大，他们每搭建一层梯子，都要花费一天的时间。就这样，他们耗费了将近一年的时间，终于搭建好了三百六十层梯子，到达了山顶。神农氏带着大臣们攀援而上，终于来到了山顶。他和大臣们都大吃一惊，原来山顶真是花草的世界，形形色色的花草长势非常旺盛。神农氏欣喜不已，他开始采摘不同的花草，逐一将它们放到嘴里品尝。白天，神农氏带领大臣们品尝百草；晚上，他就借着火光详细记载白天品尝百草的结果。哪些花草是甜的，哪些花草是苦的，哪些花草性热，哪些花草性凉，哪些花草能充饥，哪些花草能治病，他都清清楚楚、认认真真地记下来。

七七四十九天过去了，神农氏踏遍了所有的山山岭岭，对各种花草都有了进一步的了解。他不但为百姓找到了良药，而且找到了可以充饥的麦、稻、谷子、高粱。他让大臣们把这些食物的种子带回去给老百姓种植，这才有了我们迄今赖以为生的五谷。他根据尝出的三百六十五种草药，编著了《神农本草经》，也让大臣们带回去交给老百姓，这样老百姓身患疾病的时候就有药可医了。

做完这一切，神农氏准备回去，没想到却找不到曾经搭建的那些木架了。原来，在雨水的滋润下，那些木头全都生了根，还长出了郁郁葱葱的嫩芽。神农氏正在为如何下山发愁呢，突然空中飞来了一群白鹤，把神农氏和他的大臣们全都接到天庭去了。自此之后，回生寨一年四季都弥漫着奇异的香气。

后人为了感谢神农氏冒险尝遍百草、造福人间，把他们当初搭建的梯子长成的这片林海叫作神农架，又把神农氏和大臣们升天的回生寨叫作留香寨。

人物介绍

神农氏：又叫炎帝，相传他牛首人身，曾亲尝百草，教人们学会了用草药治病。

引经据典

《通鉴续编》：民有疾病，未知药石，炎帝始味草木之滋，察其寒温平热之性，辨其君臣佐使之义，尝一日而遇七十毒，神而化之，遂作方书以疗民疾，而医道自此始矣。

轩辕黄帝

导语

说起黄帝，大家并不陌生，他被我们誉为“人文初祖”；可是黄帝还有着另外一个名号，那就是“轩辕（xuān yuán）黄帝”，这又是为什么呢？

轩辕黄帝的一生充满了传奇色彩，他的出生更是与众不同。相传，黄帝的母亲附宝与少典结婚后，在一个夜晚漫步田野间，她无意间抬头仰望星空，却看到天空中突然射出一道光芒，就像银蛇灵动蜿蜒，也如闪电一般耀眼刺目。这道光围绕着北斗七星不停地旋转着，最终悬停在天枢星位，又掉落在她的身上。附宝突然感到腹中好像有东西在蠕动，之后就有了身孕。

第二年三月初三，黄帝降生了。他的皮肤呈淡黄色，高高隆起的额头很像太阳，而且他长得不像人，反而像龙，就连手脚也和龙的趾爪非常相像。更让人惊诧的是，黄帝的头竟然能够前后左右三百六十度转动，这样一来，他就真正做到了眼观六路，耳听八方。如此奇特的相貌，让族人们全都惊叹不已。

才出生没几天，黄帝就会说话了。很快，他从襁褓中的小婴儿长成了幼童。他特别聪明，学什么都很快，而且能见微知著，哪怕从一个很小的细节里，也能领悟到深刻的道理。

少典十分器重黄帝，相信自己的儿子将来肯定会大有作为，因此，时常把黄帝带在身边，悉心培养。二十岁时，黄帝成为首领。在黄帝的英明领导下，整个部落以姬（jī）水为中心，开始向周围扩张势力，越来越强盛。

后来，黄帝带领部落迁移到位于北方的黄土高原。这里地势平坦，森林茂密，很适合人类居住。他们刚刚在黄土高原定居，有一天突然刮起了狂风，让他们措手不及。黄帝马上命令部落里的人抱紧树干，以免被狂风卷走。他只顾着照顾人，却忽视了自己的安危。突然，他头上遮阳的大圈帽被吹掉了，这时黄帝发现了一个奇怪的现象：大圈帽一直在地上滚动，却并没有倒在地上。这是为什么呢？黄帝为了通晓其中的道理，等到狂风停息，又砍来树枝做成圆圈，用手推动圆圈在地上滚动。然而，没有了持续的风力推动，它只滚了不到一丈远，就倒在地上了。

黄帝天资聪颖，看到这个现象后，他沉思良久。随后，他又砍断树枝扎了一个圆圈，然后把这个圆圈和之前的圆圈分别用一个十字架连接起来，还砍了一根又粗又长的树枝，作为两个圆圈中间的轴。做好这个奇怪的东西，他又推动怪东西往前。这一次，怪东西没有倒下来，但是滚了没多远，就停下来了。看到黄帝这种奇怪的行为后，常先、风后、仓颉（jié）一起走来询问原因。黄帝告诉他们后，足智多谋的风后赶紧剥了一条树皮，用来拴住两个圆圈中间的轴，然后拉着树皮一直朝前走。两个圆圈也就一直朝前滚动着，并不曾倒地，也没有停下来。

看到这一切，黄帝恍然大悟。黄帝让常先再扎两个相同的圆圈，这样一来，四个一模一样的圆圈连在一起，就像四个车轮着地，可以始终稳当地朝前滚动，再也不会倒在地上了。风后看到黄帝的所作所为，脑中也灵光一闪，赶紧让常先去开采了两个圆环形的石盘，他在石盘的中间安装了一根粗壮的木棍，又拿来一根结实的草绳绑在木棍中间，这才让常先拉着草绳朝前奔跑。就这样，一种新型的交通工具便由此诞生了。后来黄帝听从了仓颉的建议，将这种新的交通工具命名为“车”。车上的横木被称作“轩”，直木被称作“辕”，因此车也被称作“轩辕”。

为了让后人们记住黄帝的贡献，仓颉和众位大臣商议，给黄帝起了一个正式的名字，叫作“轩辕”。从此以后，人们说起黄帝，一般都会把他称作“轩辕黄帝”。

人物介绍

黄帝：相传他征服了东夷与九黎族，统一了华夏部落，被称为“人文初祖”。

引经据典

《路史》：轩辕氏，作于空桑之北，绍物开智，见转风之蓬不已者，于是作制乘车，柜轮璞较，横木为轩，直木为辕，以尊太上，故号曰轩辕氏。

黄帝擒蚩尤

导语

相传很久很久以前，黄帝和蚩尤（chī yóu）在涿鹿这个地方，展开了一场激战，这场激战被传说得十分离奇……

很久以前，有很多氏族和部落都聚居在黄河、长江两大流域。在黄河流域，黄帝是大名鼎鼎的部落首领。在长江流域，居住着九黎族，强悍的蚩尤是九黎族的首领。

蚩尤的兄弟多达八十一个，据说他们全都是铜头铁臂，人面兽身，力大无比。他们不仅长得很彪（biāo）悍，还擅长制造各种兵器，包括弓弩（nǔ）和长刀。蚩尤仗着部落强大，常常攻打其他部落。

有一次，蚩尤率领部落占领了炎帝的部落。炎帝虽然

率领部族奋起反抗，却因为与蚩尤兵力悬殊，一败涂地。无奈之下，炎帝只好去黄帝所在的涿鹿请求援助。黄帝早就想要除掉蚩尤，因此联合各个部领，在涿鹿与蚩尤展开了殊死搏斗。这次战役非常有名，被后人称作“涿鹿之战”。

战争刚刚拉开序幕时，蚩尤凭着兵精粮足、武器先进，占据了很大的优势，接连取胜。后来，黄帝召集以应龙为首的各种奇异猛兽前来助战，最终把蚩尤凶猛的士兵打得连连败退。黄帝趁着蚩尤溃败之际乘胜追击，蚩尤绝望之余，把风神和雨神全都请来助战。天地突然被浓雾遮蔽，天色昏暗，狂风呼啸而来，天空中电闪雷鸣，暴雨倾盆。黄帝和将士们因为恶劣的天气，无法继续追击。后来黄帝想出了一个办法，他请来旱神女魃（bá）助阵，很快就风停雨歇，晴空万里。

风雨虽然停了，但是蚩尤用巫术制造的浓雾，使黄帝和将士们无法分辨方向。黄帝的大臣风后发现天上的北斗星永远指向北方，就利用这个原理制造了一辆指南车。在指南车的指引下，黄帝率领将士们冲出了迷雾。

经过数次激烈的交战，黄帝终于制服了蚩尤，并把他处死了。因为担心蚩尤死后依然作恶，黄帝命令部下把蚩

尤的头埋藏在距离蚩尤的身体十分遥远的地方。锁住蚩尤的枷锁也被扔到了远处的荒山上，枷锁上的斑斑血迹染红了山上的树林，从此之后，这片树林变成了长满鲜红叶片的枫树林。

这场战役结束后，很多部落都支持黄帝，渐渐地，黄帝统一了各个部落，成为众多部落共同的首领。

人物介绍

蚩尤：相传他是九黎部落的首领，有八十一个兄弟，个个铜头铁臂，骁勇善战。

引经据典

《山海经·大荒北经》：蚩尤作兵伐黄帝，黄帝乃令应龙攻之冀州之野。应龙畜水，蚩尤请风伯雨师，纵大风雨。黄帝乃下天女曰魃，雨止，遂杀蚩尤。

风后指南

导语

黄帝大战蚩尤的时候，蚩尤利用法术，制造出了一场又一场的大雾，黄帝的军队辨别不出方向，因此屡吃败仗。这时候，有个叫风后的人，制造出了一辆指南车，帮助黄帝取得了最后的胜利。

相传风后是黄帝非常倚仗的大臣，黄帝能够战胜蚩尤，当上部落联盟的首领，离不开风后的全力相助。

相传，最初的时候，黄帝每天忙于拓展疆域，壮大部落。有一天夜里，他做了一个奇怪的梦：在梦里，刮起了罕见的大风，大风把大地吹得纤尘不染，整个世界洁白清净。黄帝从梦中惊醒，暗自琢磨："风为号令，执政者也。垢（gòu）去土，后在边。难道这个梦是在告诉我，世界上有姓风名后的人可以帮我统一天下？"受到梦的启发，黄帝开始四处寻找梦中昭示的能帮助自己的人，最终在海隅（yú）这个地方找到了风后。经过交谈和了解，黄帝看到了风后的才华，因此决定让风后当他的大臣。

得到黄帝的重用之后，风后开始全力协助黄帝战胜蚩尤。蚩尤强悍善战，黄帝曾经九次与蚩尤对战，九次都失败了。这可如何是好呢？

一天，一场恶战马上就要开始，黄帝心急如焚地去找风后商量对策，却看到风后正躺在一辆木车上睡觉呢。黄帝十分生气，他说：“战争一触即发，你作为我的大臣，不去准备迎战，居然还有心思睡大觉！”

听到黄帝的责怪，风后不仅没有生气，反而胸有成竹地对黄帝说：“请您息怒，我并没有睡觉，只是在思考前几次作战为何接连失败。根本原因就是在浓雾中我们的军队根本无法辨识方向，偏偏敌人的军队会借着浓雾的遮掩展开偷袭。敌人的军队神出鬼没，我们的军队却无法辨识东南西北。晚上，我们还可以根据北斗星来分辨方向；但是白天，尤其是阴雨连绵的时候，我们就会晕头转向。”黄帝认真地听着风后的分析。风后接着说：“那北斗星为什么总是指着北方呢？假如能发

明出一种东西，不管你怎么转，它总能指向同一个方向就好了。一方能定出来，其余三方也就不难确定了，那问题岂不就解决了吗？因此，我准备制造一辆木车来帮助我们指明方向。”

说着，风后拍了拍身下的木车，说：“我已经研究了很久，想要造一辆指南车，帮我们指引方向。有了指南车，我们一定能战胜蚩尤。”黄帝半信半疑，认真观察风后做的木车，对风后的想法有了几分了解，因此鼓励风后：“你的想法很好！我给你三天时间，希望能听到你的好消息！”

果然，三天后，风后成功制造出能够指示方向的指南车。有了这辆车，即使军队在行军途中迷失方向，车上的木头人也会用手臂指向南方。在木头人的指引下，军队能准确地辨识出方向。黄帝又一次和蚩尤作战，在追击蚩尤的过程中，蚩尤又用法术制造出了一场大雾。在指南车的指引下，黄帝的军队这次没有迷失方向，反而乘胜追击，活捉了蚩尤。不得不说，黄帝之所以能在这场战争中取胜，风后和指南车立了一大功！

后来，风后还研究发明了《风后八阵兵图》，它可以帮助指导军队排兵布阵，是当时重要

的军事理论。在风后的辅佐下，黄帝统一了黄河中游一带，风后却越来越老，最终病死了。黄帝亲自为风后选了一块墓地，叫“风后陵”。现在，这个地方又被称作“风陵渡”。

人物介绍

风后：相传是伏羲的后人，发明了指南车，帮助黄帝在涿鹿之战中打败了蚩尤。

引经据典

《太平御览》：黄帝与蚩尤战于涿鹿之野。蚩尤作大雾，弥三日，军人皆惑。黄帝乃令风后法斗机，作指南车以别四方，遂擒蚩尤。

玄女赐书

导语

黄帝大战蚩尤的时候，困难重重，之所以能够取得最后的胜利，据说和玄女赐书也有着很大的关系……

玄女，也叫九天玄女，老百姓称她为“九天娘娘”。她是一位爱护百姓、惩恶扬善的女神。

相传玄女是王母的弟子，也是黄帝的师父，曾经赐书给黄帝，帮助黄帝战胜了蚩尤。

相传在涿鹿大战中，虽然黄帝有风后和力牧两位得力助手，但是蚩尤兵多将广，不仅善于冶炼，兵器十分精良，还精通巫术，能够兴雨布雾，驱使鬼魅。因此黄帝一连九次败给了蚩尤。

黄帝无计可施，只得每天都虔诚地祈祷，终于感动了王母。王母派出弟子玄女下凡到人间，帮助黄帝大战蚩尤。

一天，在浓重的大雾中，黄帝隐隐约约看到一位人首鸟身的仙人，赶紧拜伏在地。仙人缓缓地说：“我是九天玄女，是奉了王母的旨意来帮助你的。请问你现在需要得到什么帮助呢？”黄帝俯身在地，毕恭毕敬地回答：“我想战胜蚩尤，让天下百姓都能幸福安乐。”黄帝话音刚落，九天玄女便把包括兵、符、图、策、印、剑等在内的宝物交给了黄帝，并且向黄帝传授了奇门遁甲术。

当黄帝和蚩尤再次交战时，黄帝摆出五行阵，死死困住了蚩尤的军队。蚩尤军队陷在五行阵中，顿时觉得天旋地转，耳边充斥着黄帝部队的冲锋呼喊声，很快就被打败了。趁此时机，黄帝赶紧率领将士们乘胜追击，取得了最终的胜利。

人物介绍

玄女：也叫九天玄女，是上古神话传说中深谙军事韬略、法术神通的正义之神。

引经据典

《云笈七签》：九天玄女者，黄帝之师，圣母元君弟子也。

常先制鼓

导语

你们知道什么是鼓吗？最早的鼓相传是用夔（kuí）牛的皮制成的，威力很大，在黄帝和蚩尤的大战中，起到了鼓舞士气的作用呢！

数千年来，不管是在日常生活中，还是在艺术表演中，还是在两军交战的战场上，鼓都起到了重要的作用。鼓，能让人感到精神振奋，斗志昂扬，更能够激励人勇往直前，无所畏惧。那么，到底是谁创造了第一面鼓呢？是常先。

常先是黄帝的一位大臣，他非常聪明，发明了很多工具用于狩猎。有一次，常先捕杀了一头体形壮硕的野牛，剥下牛皮之后，他随手把牛皮放在了木墩上。这个木墩大概有人的两只手臂环抱那么粗，而且中间是空的。常先忙着做其他的事情，完全把牛皮忘记了。日久天长，野牛皮在太阳的长期暴晒下，越收越紧，居然紧紧地包裹在了空木墩上。

有一天，一个名叫贾齐的人，无意之间发现木墩上蒙着一张野牛皮，就好奇地用手敲击野牛皮。没想到，野牛皮居然发出“咚咚咚”的响声。贾齐试着加大手劲，野牛皮发出的声音更大了。贾齐感到十分有趣，他赶紧去找来两根木棒，握着木棒使劲敲击野牛皮，野牛皮发出了雷鸣般的声音。

常先也用手拍击野牛皮，野牛皮果然发出“咚咚咚”的响声。他非常好奇，于是赶紧找来一张硕大的鹿皮，蒙住木墩的另一头，再用木棒敲击，没想到，发出的声音比之前的更响亮、更悦耳。常先认为这个偶然发现的东西很有用，因此他找了仓颉，请仓颉为这个从未见过的东西起了个名字，叫“鼓”。

常先决定再做一面鼓。这次，他精心挑选了一棵木质上好的树，把树干里面掏空，做成圆圆的形状，然后分别用野羊皮和鹿皮蒙在空心树干的两头。被掏空的树干很轻，鹿皮和野羊皮并没有那么重，所以常先只用一只手就能拿动。然而，野羊皮和鹿皮都不够结实，用木棒使劲敲击，用不了几次就敲破了。常先想到野牛皮比鹿皮和野羊皮都结实，用来包裹空心的树干最好不过。但是，在当时的条件下，捕捉凶猛异常的野牛是很困难的事情，如何才能捕捉到更多的野牛，获得更多的野牛皮呢？常先坐在树下，靠着树干，苦思冥想，一不小心睡着了。

这时，九天玄女路过树下，看到常先双眉紧锁，正在呼呼大睡。她猜到常先是为没有足够多的野牛皮蒙鼓而苦恼呢，因此托梦给常先："在雷泽，生活着一只雷兽，它每天都开开心心，没有忧虑，平日里最喜欢仰面朝天地躺在地上，还喜欢用爪子拍打自己的腹部以发出声音，以此为乐。雷兽每拍打自己的肚皮一下，天上就会随之响起一声巨雷。在东海的流波山，还生活着一种长相奇特的怪兽，叫作夔牛。夔牛的身体特别特别大，平日里总是安静地待着，每当它出现的时候，海上就会狂风大作，暴雨如注；怪兽长得像牛，但是只有一只足，而且不像牛那样长着长长的角；怪兽的两只眼睛熠熠闪光，看起来和太阳、月亮一样明亮；怪兽怒吼的声音非常恐怖，比雷声还大。如果能够抓到雷兽，用它的骨作为鼓槌，再捕获夔牛，用它的皮蒙鼓，一定能制造出威力无穷的鼓，敲击一下，就会地动山摇。”

常先醒来之后，赶紧把自己的梦讲给黄帝听。黄帝听了之后，命令应龙、大鸿带人捕获了夔牛和雷兽，然后根据常先的设计，花了50天，制造出80面夔牛大鼓和160根雷兽鼓槌。

相传，在涿鹿大战中，黄帝预先在暗处埋伏好80面夔牛大鼓，当蚩尤军队开始冲锋，试图攻占黄帝军队的前沿阵地时，黄帝下令鼓手们同时敲击80面大鼓，顿时鼓声雷动，蚩尤军队还没有投入战争之中，就被鼓声震得人仰马翻，头昏目眩，个个都如同喝醉了酒一般，四处逃散。黄帝军队借助于鼓声的威力，一鼓作气，发起总攻，彻底消灭了蚩尤军队。

从此之后，古代战争中参战方都会准备战鼓，还会有专门的鼓手负责擂响战鼓。

人物介绍

常先：我国上古传说中的人物，相传是黄帝的得力助手之一，制造了鼓。

引经据典

《山海经·大荒东经》：东海中有流波山，入海七千里。其上有兽，状如牛，苍身而无角，一足，出入水则必风雨，其光如日月，其声如雷，其名曰夔。黄帝得之，以其皮为鼓，橛以雷兽之骨，声闻五百里，以威天下。

旱神女魃

导语

女魃喜欢干旱，因此她居住的地方总是晴空万里。因为长时间不下雨，给老百姓的生活带来了很大灾难，于是女魃便成了人人喊打的旱神……

在我国古代神话传说中，女魃是大名鼎鼎的旱神。黄帝与蚩尤在涿鹿激战时，有一次，黄帝为了战胜蚩尤，只好请出应龙行云布雨。没想到，应龙还没有摆好阵势呢，蚩尤就已经把风伯、雨师请来了，只见狂风暴雨骤起，黄帝的军士顿时四下逃散。这个时候，黄帝正站在山顶上观战，他眼看着自己的军队就要溃败，赶紧请出旱神女魃助战。

女魃拼尽全力帮助黄帝诛杀蚩尤。也许是因为耗尽了所有的力气，女魃的身体受到了损害，再也没有足够的力气飞上天庭了。无奈之下，她只好留在人间。

女魃喜欢干旱，不喜欢雨露，因此她居住的地方总是

晴朗干燥，接连很长时间都不会降下一滴雨水。这样一来，尽管女魃住得舒服，但是在她住处附近生活的百姓们却不得不饱受干旱的折磨，不但生活起居缺少足够的水，就连地里的庄稼也因为干旱少雨而收成不佳。为此，附近的百姓都很讨厌女魃，还给她起了个不太友好的名字——“旱魃”。

为了维持生计，百姓们绞尽脑汁，想方设法地驱赶女魃。女魃被追赶得四处躲避，无处安身。后来，周部落的首领叔均把女魃在人间的悲惨生活告诉了黄帝，于是黄帝把女魃安置在赤水以北的地方定居，并且告诫女魃不要四处流浪，以免影响黎民百姓的生活。但是，一直以来，女魃始终过着漂泊的生活，习惯了四海为家，她可不想被禁锢（gù）在一个地方，哪里都不能去啊。所以，她丝毫没有把黄帝的叮嘱记在心上，而是继续东游西荡，四处奔走，走到哪里就以哪里为家。

因为女魃时不时地就会到来，结果庄稼收成不佳，有时甚至颗粒无收，所以老百姓一旦遭遇旱灾，就会向女魃祈祷：“神啊，快回到你赤水以北的家吧，就住在那里，不要再出来四处游荡了！”女魃听到老百姓的祈祷，这才想起黄帝对她的叮嘱，顿感羞愧，于是赶紧回到赤水以北的家，安分地住了下来。这样一来，老百姓就不用再遭受旱灾之苦了。

人物介绍

女魃：我国古代神话传说中的旱神，在涿鹿之战中，成功阻止了雨师和风伯，帮助黄帝取得了最后的胜利。

引经据典

《山海经·大荒北经》：魃不得复上，所居不雨。叔均言之帝，后置之赤水之北。叔均乃为田祖。魃时亡之。所欲逐之者，令曰："神北行！"

刑天断首

导语

相传刑天本是个无名巨人，因为在和黄帝的大战中被砍掉了脑袋，所以被称作“刑天”。刑天被砍掉了脑袋，可是却以双乳为目，肚脐为口，再一次和黄帝展开了激战。大家觉得这个故事是不是很离奇呢？

刑天原本是炎帝的大臣。他非常喜欢音乐，曾经为炎帝谱写了乐曲《扶犁》，还创作了诗歌《丰收》，这些都被收录在《卜谋》之中，用以歌颂炎帝在位时，老百姓们安居乐业的幸福生活。

在阪（bǎn）泉之战中，黄帝打败了炎帝，炎帝的臣民们对此很不服气。后来，生性残暴的蚩尤对抗黄帝时，刑天为了帮助炎帝出一口气，几次三番想要参加战争。幸好炎帝深明大义，坚决阻止了刑天，刑天才没有犯下错误。后来，黄帝战胜了蚩尤，并且杀死了他，这使得刑天满腔愤怒，决意要和黄帝争夺王位。

刑天右手拿着沉重锋利的巨大斧头，左手握着青铜铸就的坚固盾牌，冲杀到了黄帝的宫殿前。黄帝早就听说刑天富有音乐才华，而且对炎帝忠心耿耿，因而很看重刑天。他先是对刑天好言相劝，让刑天珍惜如今安稳幸福的生活，专心创作音乐。但是刑天对黄帝所说的话不以为意，依然要杀死黄帝。黄帝没有办法，只好拿出宝剑抵抗，最后两人斗到了常羊山。

黄帝身经百战，骁（xiāo）勇善战，既有勇气，又有智谋。但是，刑天却有勇无谋。趁着刑天不防备的时候，黄帝挥舞宝剑砍向刑天的脖子。刑天猝不及防，头颅被黄帝斩落。刑天的头颅落到地上，顺着山坡，滚到常羊山的山脚下，然而刑天的身体并不甘于认输，迫不及待地想要找回头颅。为了避免刑天的身体和头颅合二为一，黄帝情急之下举起宝剑劈向常羊山。一声巨响之后，常羊山被一劈为二，刑天巨大的头颅滚进了裂开的缝隙中。紧接着，两个半山又合二为一，就这样，刑天的头颅被埋葬在山腹中，永无再见天日之时。

刑天的身体感知到了黄帝的举动，但

是毫不气馁，依然勇敢地站起来，右手拿着斧，左手持着盾牌，盲目地向着天空胡乱挥舞着斧头。他内心充满了愤怒，变得异常暴躁。然而就在这个瞬间，他胸部的两个乳头居然变成了眼睛，肚脐变成了嘴巴，他也继续与黄帝展开殊死搏斗。渐渐地，刑天体力不支，倒在地上。

黄帝尽管战胜了刑天，却很尊重刑天，命人把刑天的身体埋葬在常羊山脚下最靠近他的头颅的地方。

在与黄帝的战斗中，刑天虽然失败了，但是他永不妥协的精神却大放异彩，始终激励着后人在艰难困苦的环境中，不认输，不放弃。

人物介绍

刑天：我国上古神话传说人物，炎帝手下大将。他身强力壮，力大无比，和黄帝争位，被斩去头颅后，居然双乳化眼，肚脐化嘴，再战黄帝。

引经据典

《山海经·海外西经》：刑天与帝争神，帝断其首，葬之常羊之山。乃以乳为目，以脐为口，操干戚以舞。

少昊的百鸟国

导语

少昊（hào）是黄帝的儿子，相传他居住在东海之滨的穷桑，后来，他在这里建立了一个国家。这个国家有着非常奇怪的制度，那就是以鸟的名字命名文武百官，根据鸟的特点给文武百官分工。

少昊，姬姓，名玄嚣（xiāo），是黄帝的长子，他的母亲是嫘（léi）祖。少昊诞生时天现异象，天空中飞来红、黄、青、白、玄五只凤凰，这五种颜色，恰恰是五方的颜色。五只凤凰落在少昊氏出生的院子里，所以他又被称为“凤鸟氏”。

在父亲黄帝和母亲嫘祖的悉心照顾和精心培养下，少昊从小就本领超凡。他刚刚进入少年时期，黄帝就选中东夷部落联盟里最大的部落——凤鸿氏部落，把他送到那里接受历练。他长大后，娶了凤鸿氏的女儿为妻，后来成为凤鸿部落的首领。再后来，他成了整个东夷部落的首领。

在东海之滨，少昊建立了一个国家，这个国家的都城叫作穷桑。少昊制定了一项非常奇怪的国家制度：以鸟的名字命名文武百官，根据鸟的特点给文武百官分工。

例如，凤凰深谙一年四季天时有变，少昊把负责管理天时、历法的官员称作“凤鸟”；燕子，也被人称为“玄鸟”，每年都会在春秋两季进行迁徙，少昊把负责管理春分、秋分的官员称为“玄鸟”；每当夏至到来，直到冬至时分，伯劳始终都在鸣叫，少昊把负责管理夏至、冬至的官员称为“伯劳”；从立春开始，直到夏至，青鸟一直都在鸣叫，少昊便把负责管理春天到来的官员称为“青鸟”；立秋之后，锦鸡，也就是丹鸟会出现，等到立冬时，它们又会消失，因此少昊把负责管理冬天到来的官员称为“丹鸟”。

少昊正是根据这五种鸟各自的特征，来命名这些官员的。除此之外，少昊还根据一些鸟儿的自然属性，为官员命名：每当阴天下雨，鹁鸪（bó gū）就会把配偶赶出巢外，等到雨后天晴，它又会把配偶召唤回来，少昊认为鹁鸪既然能够管理好配偶，也一定会对父母尽孝道，因此他便把负责管理教育的官员称为“鹁鸪”；和其他鸟类相比，鹫（jiù）威武雄壮，性情强悍，因此少昊就将负责管理兵权的官员称为“鹫”；布谷鸟对待孩子不偏不倚，它在桑树上养育了七只小布谷鸟，每天叼着食物回到巢穴，都会不偏不倚地喂给每一只小布谷鸟，所以少昊便把负责管理开挖沟渠和建造房子的官员称为“布谷”，就是希望这位官员能像布谷鸟一样秉公办事，保持公平正义，合理均匀分配；鹰非常勇猛，不管对谁都一视同仁，因此少昊便把负责管理法律和刑罚的官员称为“鹰”。

在为分别管理木工、金工、陶工、皮工、染工这五种工作的工官命名时，少昊同样观察了五种野鸡的特点，分别以五种野鸡的名称命名五种工官；在为五种农官命名的时候，少昊又观察了五种凶猛的鸟，分别以这五种鸟的名称命名五种农官，让他们分别负责管理耕种和收获。

在国家建成之日，少昊率领人民举行了盛大的开国大典。正当少昊准备坐上王位时，一群凤凰从天而降，落在少昊面前。这可是个好兆头，意味着少昊领导的这个国家将得到上天的庇佑，风调雨顺，民生幸福。果然，在少昊的带领下，国家发展得越来越好，百姓生活得非常幸福。

少昊不但擅长治理国家，还很赏识人才。少昊在位期间，就曾经用心栽培精明能干的颛顼（zhuān xū）。颛顼是少昊的侄子，从小聪明能干，少昊就让颛顼帮助他处理朝政，治理国家。但是颛顼毕竟还是个孩子，因此，少昊命人制作了琴和瑟，这样一来，颛顼在忙完工作之后，就可以弹琴鼓瑟玩，让紧张的精神得到放松，也获得更多的快乐。

随着时间的流逝，颛顼渐渐长大，回到了自己的国家，少昊专门为颛顼制造的琴瑟就没用了。他命人把琴和瑟全都丢弃到东海以外的沟壑中。令人惊奇的是，在月朗星稀的夜晚，海面上平静如镜，总会有悦耳悠扬的琴瑟之声从沟壑深处传出，似乎是在颂扬少昊治理国家的才能和欣赏人才的胸怀与气度呢！

人物介绍

少昊：又名玄嚣，我国神话传说中五方上帝之一的白帝。相传是黄帝的儿子。

引经据典

《左传·昭公十七年》：我高祖少皞，挚之立也，凤鸟适至，故纪于鸟，为鸟师而鸟名。凤鸟氏，历正也。

颛顼分天涧地

导语

据说在颛顼之前，天和地是互通的。颛顼觉得这种人神混乱的状态不利于凡人的生存和发展，因此下定决心阻断天地之间的通道，让人和神彻底划分清楚界限……

黄帝的长子少昊，非常有才华，成了整个东夷部落的首领。黄帝的次子名叫昌意，和哥哥相比，他资质平平，根本没有资格继承帝位，只能到若水当诸侯。昌意来到若水，娶了当地土著蜀山氏酋（qiú）长的女儿昌仆为妻，生了一个孩子叫颛顼。相传，昌仆在孕育颛顼时，天空中曾经出现过“瑶光之星贯月如虹”的异象。

颛顼尽管是在若水出生的，实际上却是在穷桑长大的。颛顼天资聪颖，深得伯父少昊的喜爱，年少时期就被少昊接到东夷亲自抚养。少昊特别喜爱侄儿颛顼，把自己的所有本领都倾心教授给他。后来，黄帝指定颛顼做接班人，颛顼这才离开少昊，回到华夏部落，跟随黄帝学习管理部落。

黄帝乘龙升天之后，颛顼继位，成为华夏部落的首领。在颛顼之前，天和地是互通的，地上的人可以与天上的天人进行沟通，尤其是那些能力超群、功德至大的人，即上古的巫，更是神通广大，甚至能够依靠神的力量呼风唤雨。同样，天上的天人也能降临人间，来到地上。颛顼意识到人神混乱的状态是不利于凡人生存和发展的，因此下定决心阻断天地之间的通道，让人和神彻底划分清楚界限。

颛顼的儿子叫老童，老童的两个儿子分别叫作重、黎。重和黎天生就拥有神力，全都力大无穷。因此，颛顼命令重把天向上托举，抬升天的高度；又让黎用力向下按着地，让大地持续下陷。这样一来，天与地的距离越来越远。黎的儿子叫噎（yē），颛顼命令噎帮助重和黎，负责管理天上的日月星辰。

最后，颛顼终于把天和地彻底分开了，又制定了天地之间的规则和秩序，彻底结束了上古时期人神共存的特别时代。

人物介绍

颛顼：相传是黄帝的孙子，昌意的儿子。我国神话传说中五方天帝之玄帝。

引经据典

《尚书·周书·吕刑》：皇帝哀矜庶戮之不辜，报虐以威，遏绝苗民，无世在下。乃命重、黎，绝地天通，罔有降格。

木神句芒

导语

相传在汤谷生长着神树扶桑。每天早晨，太阳都会从扶桑树上升起。有一个神专门负责管理扶桑树，以及太阳升起的这片地方，他就是句芒（gōu máng）。

在我国古代神话中，句芒是木神和春神，负责管理树木的发芽生长，也是主管东方的天帝青帝太昊的助手。每天清晨，太阳都会从扶桑树上升起，扶桑树是由两棵相互扶持的大桑树组成的。句芒负责管理神树扶桑，也负责管理太阳升起的这片地方。

木神句芒的坐骑是两条龙，他经常骑着龙在空中飞行，有的时候，他还会降临大地，落在林梢、山间，查看人间的情况。远远的，你看不清楚，会误以为句芒是一只

大鸟；只有靠近了看，你才会发现句芒的身体像鸟，容貌和人相似，面庞也是四方的，只是眼睛和人的不同，只有白眼珠，而没有黑眼珠。句芒穿着白色的衣服，衣袖、衣领等边缘处都镶嵌着紫红色的花边，他的手里还拿着一个像圆规似的法器。不过，他的“圆规”可不是用来画圆的，而是象征着天地间万物的法则。

句芒除了授予大自然中花草树木、飞禽走兽以生命，还掌管人类的生命。据说他曾经为秦穆公延长了十九年的寿命。

相传有一天，秦穆公在宗庙里祭祀祖先，突然看到一个人面鸟身的神走进宗庙，站在东侧。秦穆公不知道这个神是木神句芒，顿时惊慌失措，想要逃跑。这时，句芒告诉秦穆公不要慌，因为他不是来伤害秦穆公的，而是专程来延长秦穆公的寿命的。就这样，句芒赐予了秦穆公十九年寿命。那么，神为何要多赐予秦穆公十九年寿命呢？原来，天帝认为秦穆公既有才华又品德高尚，而且很敬奉神明，还把国家治理得很好，也让百姓得到了富足安乐的生活，所以特意嘉奖秦穆公。

古时候，人们崇尚农耕，因此在每年的春祭之中，句芒都是非常重要的神。后来随着时光的流逝，句芒的地位渐渐不那么重要，他的形象也化成了头有双髻、手执柳条的牧童，出现在了年画中。

人物介绍

句芒：我国古代民间神话中的木神和春神，主管树木的发芽生长，辅佐东方上帝青帝太昊。

引经据典

《吕氏春秋·孟春》高诱注：句芒，少皞氏之裔子曰重，佐木德之帝，死为木官之神。

火神祝融

导语

祝融是管火用火的能手，他不但发明了新的取火方法和火攻战法，还教人们如何用火取暖和照明，如何用火驱除瘴气和蚊虫等，赢得了人们的敬重。

祝融相传是我国神话传说中的火神和夏神。据说他原名叫重黎，生得一副红脸膛，长得威武魁伟，聪明伶俐，不过生性火爆，遇到不顺心的事就会火冒三丈。

重黎小时候，有一次，跟随部族进行迁徙。夜幕降临，族人们安营扎寨，需要用火了，重黎没有办法取出火。他又急又气，用尽全身的力气把一块石头扔向山上，却没想到这块石头与山上的石头相互碰撞，居然溅出了几点火星。看到这个情形，重黎立刻想出了取火的新方法。他收集了一些特别干燥的芦花，然后拿起两块尖锐的石头靠着芦花连续大力敲击。石头碰撞溅出来的火星子落在芦花上，只需要轻轻一吹，芦花就燃烧起来。看着跳动的火苗，重黎知道自己的新方法成功了。后来，人们把这种取火方法称为击石取火。和钻木取火相比，击石取火更加省力。因为重黎对取火的贡献，所以黄帝封重黎为火正官，并且赐给重黎一个新的名字——祝融。

传说，祝融还发明了火攻战法。当时，南方的部落首领蚩尤生性好斗，经常向中原的部落发起战争。为此，黄帝派出祝融前去讨伐蚩尤。蚩尤所在的九黎部落人口众多，兵器精良，战斗力特别强。为了打败蚩尤，祝融命令所有部下都要准备一个火把，还要准备一些爆燃之物。等到蚩尤率领军队赶到，祝融他们就马上举着火把到处放火，把蚩尤的队伍烧得溃不成军。看到祝融有勇有谋，战功赫赫，黄帝重赏了祝融，还把天下的火都交给祝融掌管，又让祝融负责镇守南岳衡山。

不管是管火，还是用火，祝融都是不折不扣的能手。他不仅发明了新的取火方法，免去了人们管理火种的烦恼，而且教会人们如何正确使用火。正是在祝融的教导下，人们不仅学会了用火烧熟食物，用火照明取暖，也学会了用火驱赶蚊虫，驱散瘴气，减少疾病和瘟（wēn）疫的发生。祝融以火造福人类，得到了人们的尊重和敬仰。

每年秋后，人们获得了丰收，都会朝拜和祭祀祝融。

人物介绍

祝融：我国古代神话中的火神和夏神，辅佐南方上帝炎帝神农。

引经据典

《礼记集说》：其曰丙丁，其帝炎帝，其神祝融，其虫羽，其音徵……

金神蓐收

导语

天地之间，有座山叫作泑（yōu）山。泑山是一座非常神奇的山，它的南面盛产美玉，北面盛产雄黄。据说金神蓐（rù）收就住在这座山上……

蓐收是西方的金神，也叫秋神。蓐收的左边耳朵上盘踞着蛇，他的坐骑是两条龙。蓐收的父亲是白帝少昊，蓐收一直作为天神统治着西方。此外，蓐收还兼任司刑之神，负责管理天上和人间的一切杀戮刑罚。

相传蓐收居住的地方名叫泑山。泑山位于天山西面，从天山出发，一直向西行走二百九十里，就能来到泑山。泑山本身也不平常，山的南面盛产一种举世罕见的奇玉。这种玉名叫婴短之玉，奇特的地方在于它是有生命的。每到夜深人静、万

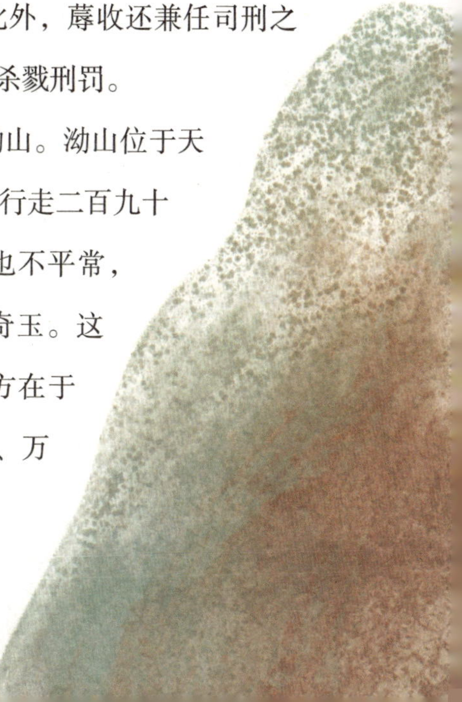

籁俱寂的时候，婴短之玉就会变成一个特别特别小的孩子。到底有多小呢？只有两寸那么长。婴短之玉变成的孩子虽然小，却能跑能跳，活泼可爱，而且特别爱笑。他还有名字呢，叫作段红。段红最喜欢在泑山的北面玩，因为泑山北面有雄黄，没有蛇。在泑山上能够看到太阳落下去的地方，据说这个地方也归蓐收管。

蓐收很善良，对于人间的战争与杀戮，他总是尽力避免。因为他很清楚，一旦发起战争，人世间最受苦的就是老百姓。有一次，蓐收得知天帝命令晋国袭击虢（guó）国，还特意托梦警示虢公呢！

当时，虢公住在宗庙里，有一天夜里，他做了一个很奇怪的梦。在梦中，他看到一个神人白毛虎爪，手里还握着一把硕大的斧头，正站立在西边的屋角处。虢公胆战心惊，想要逃跑，神人却对他说：“别走！天帝下达了命令，让晋国袭击你的国家。”虢公长跪在地，对着神人不停地磕头，然后就醒了。

虢公觉得这个梦很蹊跷，赶紧召来史嚚解梦。史嚚说：“这是金神蓐收，负责掌管天上和人间的一切杀戮刑罚。天上的事，都是由神决定和执行的。主公一定要小心提防，以防不日就会有杀戮之事发生。”虢公觉得史嚚所说的话很晦气，就命人把史嚚囚禁起来。虢公并没有根据金神蓐收的提示多加戒备，也没有重视史嚚解梦所说的话。他依然行事如故，就这样度过了六年。

六年之后，晋国对虢国发起进攻，最终消灭了虢国。虢公这才想起金神蓐收托给他的梦，可惜已经太晚了。

人物介绍

蓐收：我国古代神话中的金神和秋神，辅佐西方上帝白帝少昊。

引经据典

《幼学琼林》：西方之神曰蓐收，当兑而司秋，庚辛属金，金则旺于秋，其色白，故秋帝曰白帝。

海神玄冥

导语

北海居住着一位神，他是玄帝颛顼最得力的助手。他不仅掌管着这片海域，还负责管风。他就是海神玄冥。

上古时期，有很多神，他们分别掌管不同的事情。其中有一个神叫玄冥，相传他是黄帝的孙子，不但负责掌管风，是风神，还负责掌管海，也是海神。

玄冥也叫禺（yú）强，根据不同的神职，他会幻化成不同的样子。当作为风神出现时，玄冥会化成人面鸟身的样子，两只耳朵上分别悬挂着一条青蛇，两只脚下分别踩着一条青蛇。他一旦现身，天空中马上就会狂风大作，暴雨如注，转瞬之间飞沙走石，人根本睁不开眼睛。然而，当以海神的形象出现时，他的身体会变成鱼的样子，但是这条鱼与众不同，和人一样长着手和脚。变成海神时，他脚下的青蛇消失了，出行时的坐骑变成了一条双头龙。

作为风神，玄冥偶尔也会给人带来麻烦，例如在瘟疫爆发的时候，风会传播瘟疫；在刮起被人们称为“厉风”的西北风时，人们很容易伤风感冒，身体染疾。

大多数时候，玄冥居住在北海，是颛顼的得力助手，辅佐颛顼掌管北方的天空。大禹治水时来到北海，玄冥热情款待了他，并且和他成了特别好的朋友。武王伐纣时，玄冥遵从天帝的命令，还倾力帮助过周武王呢！

由此可见，玄冥整体上还是很乐于助人的，也能够明辨是非。大多数情况下，他都能拼尽一己之力来捍卫正义，是一位值得大家尊重和敬爱的天神。

人物介绍

玄冥：我国古代神话中的海神和风神，辅佐北方上帝玄帝颛顼。

引经据典

《幼学琼林》：北方之神曰玄冥，乘坎而司冬，壬癸属水，水则旺于冬，其色黑，故冬帝曰黑帝。

龙伯钓鳌

导语

相传距离昆仑山万里之遥的地方，有个龙伯国。龙伯国可是一个巨人国，这里的人个个身材高大，力大无穷，被称作“龙伯”。一天，一个龙伯无聊极了，于是去海上钓鱼，结果却闯祸了……

相传龙伯国距离昆仑山有万里之遥。在龙伯国，每个人都身材高大魁梧，力大无穷。他们是龙的种族，所以寿命都很长，能够活很久很久。也正因为如此，人们才称呼他们为“龙伯”。

这一天，有个龙伯待在家里觉得寂寞无聊，于是带着一根又长又粗、巨大无比的钓鱼竿出发了。原来，他是想去东方的海里钓鱼。

龙伯的腿特别长，他迈开大步，才走了几步，就来到了归墟五座神山。他绕着五座神山飞快地转了个圈，选了座自己中意的山，就立马坐了上去，挥舞着胳膊，甩出鱼钩，开始钓鱼。

龙伯万万没有想到，他看似不经意的一坐，却把山顶的宫殿压碎了。幸好住在宫殿里的神仙反应足够快，在龙伯的屁股还没有坐下来时，就赶紧飞快地逃开了，否则一定会被龙伯巨大的屁股压成肉饼。

龙伯把钓钩甩出去，钓钩不偏不倚正好悬垂在神山岱舆前。一只大鳌（áo）早就饿得饥肠辘辘了，看到从天而降的美食，它想都没想就张开大嘴，死死地咬住鱼钩上的诱饵。就这样，大鳌被龙伯钓上来了。随后，龙伯又对着神山员峤甩出钓钩，结果，他又钓上来一只大鳌。

龙伯兴奋不已，他赶紧从头上扯下一根头发，用头发把两只大鳌串起来，背在背上回家了。岱舆、员峤两座神山就这样失去了两只大鳌的背负，从此在海里四处漂荡，就这样漂啊漂啊，一直漂到北极，这才沉入海底。原本在岱舆、员峤两座山上住得安安稳稳的神仙们，不得不逃到方丈、瀛（yíng）州、蓬莱这三座山上，和原本就在这三座山上居住的神仙挤在一起。

五座神山居然在这么短的时间内沉没了两座，天帝得知这件事情后非常生气。背负神山的两头大鳌贪吃，擅自离开了岗位，导致神山沉没，受到了天帝的惩罚，从此以后，它们再也不敢随随便便咬东西了。天帝经过慎重思考，决定缩减龙伯国的土地，缩小龙伯人的身材，以免他们哪天再觉得孤独寂寞，出去闯祸。

龙伯国所有的人都因为钓鱼的龙伯而受到牵连，接受了天帝的惩罚。但是即便身材被天帝缩小了，龙伯国的人也依然比普通人高得多。高多少呢？一百多米吧！

人物介绍

龙伯：我国古代神话中龙伯国的巨人。

引经据典

《列子·汤问》：而龙伯之国有大人，举足不盈数步而暨五山之所，一钓而连六鳌。

仓颉造字

导语

在汉字还没有出现的时候，人们只能结绳记事。但是需要记录的事情越来越复杂，结绳记事渐渐变得不可行起来，怎么办呢？这时候有个叫仓颉的聪明人，他通过观察虫鱼鸟兽的足迹等，造出了好多符号……

黄帝在位时，他的史官名叫仓颉。传说仓颉长相非常奇特，有四只眼睛。最初，黄帝只是让仓颉负责管理部落的牲畜和食物，并且清点牲畜的数量，清点食物的多少。

仓颉聪明好学，不管做什么事情，从来不偷懒，总是尽心尽力的。他很快就清点了牲畜和食物，做到了心中有数，不出任何差错。但是，随着时间的流逝，牲畜和食物的数量不断发生变化，只凭着脑子记，仓颉觉得越来越困难了。在当时，没有文字，而且也没有笔和纸，根本没有办法计数。这可怎么办呢？仓颉被难住了。

仓颉一直在绞尽脑汁地想办法解决问题，他先是用不同颜色的绳子打结，用来表示不同的牲口、食物，有多少牲口和食物，他就在对应的绳子上打多少个结。他用这种方法记录数量，但是很快就发现这个方法不大好用。因为如果牲畜和食物的数量增加，在绳子上多打个结是很方便的，但是一旦牲畜和食物的数量减少，要想在绳子上解开一个结，就会很麻烦。这个办法不好用，仓颉又开动脑筋想办法。他思来想去，觉得可以在绳子上挂上一些贝壳，用来代表他负责管理的牲畜和食物的数量。每当数量有所增加时，就增添一个贝壳；每当数量减少时，就去掉一个贝壳。这个方法倒是不错，因此，在连续几年的时间里，仓颉一直都在使用这个方法计数。

黄帝看到仓颉把牲畜和食物管理得井井有条，从未出过任何差错，十分欣赏他的才能，又分派了更多的事情让仓颉负责，例如记录部落里人口数量的增减，每年祭祀的次数，每次狩猎以及猎物的分配情况，等等。如此一来，仓颉又开始发愁，因为管理这么多事务，只靠着添加绳子、增减贝壳已经不能详细精确地记录了。如何做才能保证不出差错呢？

有一天，仓颉和其他人一起参加狩猎活动。他们走着走着，来到了一个三岔路口。因为不确定到底应该走哪条路，几个年长的猎人争吵起来。其中一个人想捕获羚羊，因此坚持要往东走；一个人想追逐鹿群，因而坚持要往北走……仓颉很纳闷：为什么他们知道不同的方向有不同的猎物呢？经过详细询问，他才得知原来他们是通过观察地上留下的野兽足迹，才知道不同的方向有不同的猎物。仓颉突然想到了一个很好的方法：既然每种不同的足迹都代表着不同的野兽，我为什么不能发明各种不同的符号，用来表示我所管理的不同牲畜、猎物、食物和人口呢？

他高兴得一蹦三尺高，拔腿朝家跑去，到家之后，他立刻开始创造不同的符号来代表不同的事物。这个方法果然很有效，仓颉尽管事务缠身，但还是把每件事情都管理得井井有条。

黄帝知道仓颉的表现后，对仓颉大加赞赏，并且让仓颉把这个好方法传授给其他部落。渐渐地，越来越多的部落开始使用这些符号，久而久之，就初步形成了文字。

人物介绍

仓颉：相传是黄帝的史官，看到鸟兽的足迹受启发，分类别异，加以搜集、整理和使用，被尊为“造字圣人”。

引经据典

《淮南子·本经》：昔者仓颉作书，而天雨粟。

隶首作数

导语

算盘是我国古代一项重要的发明，是我国传统的计数工具，相传它是由一个名叫隶首的人发明的……

黄帝在位时，隶首主要负责记账和清算账目，和现代社会的会计很像。后来，黄帝统一了所有的部落，隶首的工作也变得越来越复杂，最初的结绳记事和刻木为号的办法已经不能满足计数的需求了。很多人借机虚报冒领，导致账目越来越混乱，黄帝大为恼火。这可怎么办呢？

隶首非常着急，可是一直想不出好的办法来。有一天，隶首去山上采摘野果，发现了一棵核桃树。他看到满地的核桃，突发奇想：假如用这些核桃来为猎物或者兽皮计数，不是更好计算吗？回到部落，隶首赶紧把这个方法告诉黄帝，黄帝非常赞同。得到黄帝的支持后，隶首立刻派人采摘各种各样的野果，又用每种野果对应一样东西，例如一个核桃代表一张虎皮，一个栗子代表一张羊皮，一个枣核代表一头野猪，等等。

然而，随着时间的流逝，这些东西都开始变黑、腐烂，根本无法辨别到底是什么东西，也就不知道分别代表什么了。看到这样的情况，隶首又气又急。不过，隶首是一个非常喜欢动脑筋的人，没过多久，他又想出了新办法。他决定用不同颜色的石头代表不同的东西，因为石头是不会烂掉的。可是好景不长，淘气的孩子打乱了这些石头，隶首的账目又乱成了一锅粥。

隶首无奈地蹲在地上捡石头。这时，隶首的妻子笑着提醒道："你可真笨。如果在石头中间钻个洞，把石头用绳子穿起来，就不会被踢散了呀！"隶首觉得这个办法非常好，于是在五颜六色的石头上都钻出小洞，然后用绳子把石头穿成一串。一条绳子可以穿几十个石头呢！从此之后，计数非常方便，而且账目也没有出现过错误。

随着生产持续发展，东西越来越多，隶首用来穿石头的绳子也越来越长。尽管用这种方式计数不会出错，但是每次清查账目和计算总数都很麻烦，隶首为此感到十分苦恼。一天，隶首看到漫山遍野的栗子树，突然想出了一个好办法。他折了五根木棍，在每根木棍上都穿上十颗栗子，五根木棍分别代表个、十、百、千、万。假如个位上凑够了十个数，就在代表十位的木棍上进一位，代表十个；假如十位上凑够了十个数，就在百位的木棍上进一位，表示一百个；以此类推……足以表示成千上万的数字。

回到家里，隶首找出了很多珍珠，并且把珍珠串起来分别表示个、十、百、千、万。就这样，算盘的雏形渐渐形成了。

人物介绍

隶首：相传是黄帝的史官，发明了算数和算盘。

引经据典

《数术记遗》：先生曰："隶首注术，乃有多种。"

伶伦造律

导语

小朋友，你们喜欢听音乐吗？这些优美的旋律，最早是由谁创造的呢？相传是一个名叫伶伦的人。

相传，凤凰最喜欢栖息在凤岭。在古代，凤凰代表着吉祥美好。对于伶伦来说，凤凰还是他的老师呢！

伶伦是黄帝的乐官，当时他奉了黄帝的命令制作音律。他从懈谷砍伐了很多竹子，取竹子中厚薄均匀的部分，做成了竹管。起初，用竹管吹出来的声音不成音调。人们纷纷嘲笑伶伦："你呀，不吹竹管还好，一吹竹管，野兽都被你吓得四处逃窜。"

一天，伶伦正在练习吹竹管，刺耳的声音惊到了黄帝的马，它四蹄腾空，仰头嘶鸣，黄帝毫无防备地从马背上摔下来。伶伦赶紧跑去扶起黄帝。黄帝非但没有责怪伶伦，反而鼓励他："你吹奏出的乐声能够吓到我的马，可见你的音乐并不普通，相信只要坚持不懈地练习，你一定能吹出动听的音律。"

得到黄帝的鼓励，伶伦低下头，满脸羞愧地对黄帝说："已经整整三年了，我始终没有制成音律，没想到您非但不责怪我，还鼓励我。"

黄帝说："一根非常普通的竹管，你只是在上面钻了几个小孔，就能吹出声响，这可是了不起的发明，也是你最大的功劳，可不是罪过啊！"

从此，伶伦更加充满信心，每天都废寝忘食地练习。但是，他依然无法用竹管吹出和谐的音调。

有一天，伶伦孤身一人来到凤岭，躺在石头上苦苦思索音乐的奥妙，一不小心睡着了。他正睡得香呢，突然听到树上传来一阵美妙的鸟鸣。他马上坐起身仰望头顶的树，只见有两只体态优美、羽毛鲜艳的鸟正在树上啼鸣，声音婉转悠扬，非常动听。伶伦目不转睛地看着鸟儿，认真地倾听，情不自禁地拿起随身带着的竹管，模仿鸟的鸣叫开始吹奏。他完全沉浸在优美的旋律中，正在此时，两只鸟却突然飞走了。伶伦十分焦急，想要留住鸟儿，但是，鸟儿已经飞远了。

回到部落里，伶伦把自己在树林里的经历告诉了黄帝，还在黄帝面前吹奏了他学来的旋律，虽然断断续续，还很生疏，但是已经比此前进步很大了。黄帝兴奋地说："这是百鸟之王凤凰啊，我们这里居然能招来凤凰栖落枝头，这可是好兆头。"

从此以后，伶伦每天都会在凤岭等候凤凰的到来，倾听凤凰的鸣叫。经过长期观察，伶伦发现凤和凰的鸣叫声是不同的：凤的鸣叫声满怀激情，起伏跌宕；而凰的鸣叫声柔和悠长，绵软柔和。每对凤凰栖落在树枝上，分别鸣叫六声，然后再一起鸣叫一遍，就会飞走。

久而久之，伶伦已经对凤凰鸣叫出的两个六声非常熟悉了，他每天都在进行揣摩、推敲，最终创作出了十二音律。听到婉转悠扬的乐曲，黄帝对伶伦大加赞赏。

后来，伶伦继续倾听和研究各种飞禽走兽的叫声，进行详细的记录，并且将其融入他所创制的乐曲之中。例如，他会用口哨表现鸟鸣，会用擂鼓表现马奔跑时急促的马蹄声。如此一来，大家就能够欣赏到更加优美的音乐了。

人物介绍

伶伦：我国古代神话中的音乐人物，也叫泠伦。相传是黄帝时代的乐官，发明了音律，是音乐的始祖。

引经据典

《吕氏春秋·古乐篇》：昔黄帝令伶伦作为律。伶伦自大夏之西，乃之阮隃之阴，取竹于嶰溪之谷，以生空窍厚钧者，断两节间（其长三寸九分）而吹之，以为黄钟之宫。

共鼓凿舟

导语

古时候，交通非常不方便，要是遇到大江大河，人们更是一筹莫展。直到有一天，一个名叫共鼓的人发明了小舟，这个困难才迎刃而解。

相传共鼓也是黄帝的一位大臣。有一年，山洪暴发，洪水如同猛兽一般从山上气势汹汹地流淌下来，肆意横行。这个时候，共鼓正在山上伐木，被突如其来的洪水冲走了。

共鼓被洪水卷下山，冲到大河里，幸好死死地抱住一棵漂浮在河面上的空心大树，这才没有沉入水底。共鼓随着大树漂浮在河水中，他也不知道自己在河面上漂了多少天，洪水才渐渐退去。他这个时候又累又饿，气息奄奄。

这时，来自其他部落的猎队经过，救了共鼓。猎队里的人把随身携带的干粮分给他吃。吃了食物，共鼓很快恢复了体力。

共鼓问猎队的人：“这是哪里？距离桥山远吗？”猎队的人告诉他：“这里是黄河东岸，要想去桥山，如果走陆路，至少要走半年；如果走水路，就要等到河面结冰，踩着冰走近路，用不了几天就到了。”

共鼓听完非常沮丧，他看着滔滔的黄河水，沉默良久，突然想出了一个好办法。他想：既然当初是坐大树漂到这里的，应该也可以再坐大树漂回对岸吧！他向猎队借来刀、斧等工具，修理好大树的两头，又向猎队讨要了一些干粮。做足准备之后，他告别了猎队，再次坐空心大树，踏上了回家的旅程。他经历千辛万苦，终于渡过了黄河，回到了桥山。

听说共鼓平安归来，大家都非常开心。共鼓把他遇险和脱险的经历讲给大家听，并且告诉黄帝，自己这次能够平安回来，全靠空心大树。随后，共鼓又把“凿木为舟”的想法告诉了黄帝，黄帝马上表示支持。

在黄帝的大力支持下，共鼓终于实现

了“凿木为舟”的设想。从此，人类有了水上交通工具，遇到大江大河再也不用发愁了。

人物介绍

共鼓：黄帝的部下，相传是第一个造出小舟的人。

引经据典

《说文解字·舟部》：舟，船也。古者共鼓、货狄刳（kū）木为舟，剡（yǎn）木为楫，以济不通。

岐伯修医

导语

从前，有一对年轻夫妇，生了一个孩子。孩子出生的时候，天现异象，天空中居然飞来了几百只吉祥鸟。这个孩子长大后成了中医的鼻祖……

上古时期，青龙山脚下有个叫青龙嘴的地方，住着一对恩恩爱爱的年轻夫妻。妻子怀孕了，十月怀胎，一朝分娩，很快孩子就要降生了。这时，青龙山顶出现了一道祥光，而且天空中飞来了几百只吉祥鸟。得知年轻的夫妻迎来了新生命，亲朋好友们全都来祝贺。这对年轻夫妻请亲朋好友给孩子取个名字。一位见多识广、德高望重的老者说：“这孩子出生时天现异象，人又长得骨骼清奇，再加上是家里的长子，不如为他起名‘奇伯’吧！”也有人说：“可见孩子天生就有慧根，‘岐’正是聪慧的意思，不如叫‘岐伯’更好。”就这样，大家给孩子取名叫岐伯。

岐伯小小年纪就不同凡响，长大之后更是博学多才，仁爱善良。他先后师从广成子、赤松子、中南子等人刻苦学习医术，潜心修炼养生之道，不但掌握了阴阳四时运气之理，还学会了经络医术疗疾之法。

很多年过去，岐伯的医术越来越高超精湛，后来他成了黄帝最为器重的大臣和老师，常常和黄帝一起讨论医术。

他们讨论的范围也特别广泛，还涉及天文、历法、地理、气象、农艺、生物、音乐、哲学等各个方面，被后人称为“岐黄之术”。后来，岐伯和黄帝共同编著了《黄帝内经》，这本书一直广为流传。

人物介绍

岐伯：相传是黄帝时期的名医，被后世尊称为“华夏中医始祖”。

引经据典

《伤寒论》：黄帝与岐伯，上穷天纪，下极地理，远取诸物，近取诸身，更相问难，垂法以福万世……而《内经》作矣。

蚕马献丝

导语

我国是丝绸的国度，那么用于制作这些精美丝织品的蚕丝是从哪里来的呢？相传是蚕神进献的……

相传涿鹿之战后，黄帝彻底打败了蚩尤，特别高兴。就在黄帝举行庆功大典的时候，宴会上来了一位女子。只见她的手中拿着两捆细丝：一捆是银色的，就像白银一样耀眼；一捆是黄色的，就像金子一样灿烂。这位女子自称是蚕神，特地来向黄帝进献蚕丝。

蚕神长得非常美丽，却披着一张粗糙的马皮，而且这马皮仿佛已经与她合为一体，看起来根本无法取下来。蚕神如果左右收拢马皮，就会被马皮完全包裹起来，变成一条白色的虫，但是头却和马头一样。原来，这就是蚕。

黄帝看到蚕神的模样，感到非常奇怪。他接过蚕神的礼物，抚摸着光滑的蚕丝，忍不住啧啧赞叹，赶紧向蚕神表示感谢，并且询问关于蚕的各种情况。

蚕神说，她之前一直居住在北方的荒野之中，那里生长着三棵大桑树，每一棵桑树都高达百仞，只有主干，而没有枝丫。她总是半跪着爬到其中的一棵桑树上，吃桑叶。只要吃饱了桑叶，不管是白天还是黑夜，她都会从嘴里吐出闪闪发光的丝。这些丝的用处非常大，可以编织成美丽光滑的丝绸。因此，蚕神居住的荒野，也叫“欧丝之野”。

黄帝听完后，立刻让妻子带着部落里的女人们学习养蚕，纺织丝绸。他的妻子嫘祖非常愿意学习养蚕，对纺绸也很感兴趣。她亲自培育了很多蚕宝宝，还鼓励部落里的人大量养蚕，学习纺绸。

从此之后，中华大地上有了美丽精致的丝织品。

人物介绍

蚕神：也叫马头娘娘，是我国神话中掌管蚕桑的神。

引经据典

《山海经·海外北经》：欧丝之野在反踵东，一女子跪据树欧丝。三桑无枝，在欧丝东，其木长百仞，无枝。

嫘祖始蚕

导语

也有人说蚕丝是黄帝的妻子嫘祖发现的，后来，她又带领部落里的妇女们栽桑养蚕，被后世尊为“先蚕娘娘”。

也有人说，蚕丝是黄帝的妻子嫘祖发现的。相传黄帝打败蚩尤之后，带领人民大力发展生产。作为黄帝的妻子，正妃嫘祖承担起了制作服装的重任。

部落里的人很多，制作衣服鞋帽需要耗费很多的原材料。每当男人们狩猎归来，嫘祖就带领妇女们剥掉各种野兽的皮毛，进行加工。野兽的皮毛不够用，嫘祖还组织妇女们一起上山，剥掉树皮，编织麻网。但是，制作衣服的原材料还是很紧缺。嫘祖忧心忡忡，吃饭也没有胃口，睡觉也睡不好，不久就生病了。

有一天，部落里的几个女人商量了一下，决定去山上采一些野果给嫘祖吃。清早，她们就进山了，跑遍了大山的角角落落，摘了很多果子。但是，这些果子不是酸的，就是苦的，一点儿都不可口。眼看着天色晚了，女人们来到一片桑树林里，惊喜地发现树上长满了白色的果子。因为天马上就黑了，她们没有来得及品尝，就摘了一大筐，急急忙忙地下山了。回到家里后，她们拿起果子放到嘴里一尝，这才发现这种小果子没有任何味道啊！而且，还很难咬得烂。几个女人面面相觑，谁也不知道这种白色的果子到底是什么。她们把这种奇怪的野果和从野果上抽离的细线全都拿给嫘祖看。

嫘祖非常聪明，她认真观察了缠绕在木棒上的细丝线之后，兴致勃勃地说："这不是能吃的果子，但却很有用处。你们都是黄帝的大功臣。"

自从有了这个发现后，嫘祖的病渐渐痊愈了。病刚好，她就迫不及待地跟随那几个女人一起上山，一探究竟。在她们的指引下，嫘祖顺利找到了那片结满白色小果子的桑树林。经过仔细观察，嫘祖发现这些白色果子不是普通的果实，而是一种虫子吐出来的细丝缠绕形成的。回到部落，嫘祖兴致勃勃地告诉黄帝："山上结白果子的树是桑树；白果子不是野果，而是蚕丝缠绕形成的蚕茧。请您下令保护好那片桑树林，这样我们就有很多的蚕丝可以织布做衣服了。”

从此之后，嫘祖带着部落里的女人们栽桑养蚕，被人们尊称为“先蚕娘娘”。

人物介绍

嫘祖：西陵氏之女，相传是黄帝的正妃。她发明养蚕抽丝、制作衣裳之法，被后世尊称为“先蚕娘娘”。

引经据典

《纲鉴易知录》：西陵氏之女嫘祖，为帝元妃，始教民育蚕，治丝茧以供衣服，而天下无皴瘃之患，后世祀为先蚕。

方雷氏发明梳子

导语

古时候没有梳子，部落里的姑娘们想要梳洗打扮，非常不容易。直到有一天，方雷氏发明了梳子……

相传黄帝的另一个妃子，名叫方雷氏。方雷氏不但高贵典雅，而且特别聪明。她负责部落里女子们的装束，每当遇到盛大的庆典，方雷氏就负责打扮部落里的女子，用手指把她们凌乱的头发捋顺。日久天长，方雷氏的手指都脱皮了。

有一年，黄河流域发大水，有人在洪水里捕捞到了十几条大鱼。方雷氏带领几个女人烧热石板，把大鱼放在石板上烹熟。因为味道鲜美异常，鱼很快被吃光了，只剩下鱼骨。方雷氏从地上拿起一根鱼骨仔细研究，发现鱼骨排列整齐，很像手指张开的样子。她情不自禁地用鱼骨来梳理头发，发现使用鱼骨能把头发梳理得整整齐齐。方雷氏很开心，悄悄地把大鱼骨都收集起来，小心存放。

第二天，她把硕大的鱼骨折断成一截一截的，分发给部落里的女子，还亲自示范，教这些女子梳理头发。

虽然部落里的女子都很愿意使用鱼骨梳头，但是方雷氏觉得鱼骨太尖锐，而且容易折断，就想找东西取代鱼骨。方雷氏想了很久，她觉得如果用木头来代替鱼骨，会牢固很多。于是她拿着一段鱼骨去找木工制作梳子。

梳子做好后，方雷氏召集部落里的所有女子，让她们挨个用梳子梳妆。后来，方雷氏让木工做出了更多的梳子，梳子便在部落中流行起来。

渐渐地，男人们也开始使用梳子。例如黄帝的得力助手风后，就要求将士们用梳子梳理头发，盘起整齐利落的发髻，这样出征打仗时，就不会被头发遮住眼睛了。

人物介绍

方雷氏：名叫节，相传是黄帝的次妃，发明了第一把梳子。

引经据典

《史记》：次妃方雷氏女，曰女节，生青阳。

彤鱼氏发明筷子

导语

筷子是中华民族饮食文化的标志之一，相传它是由一位名叫彤（tóng）鱼氏的女子发明的……

相传上古时期，黄帝的另一个妃子彤鱼氏专门负责饮食。有一次，彤鱼氏和部落里的猎手于则一起上山打猎。当时，正值夏天，酷暑难耐，他们便走进森林深处，躲避太阳的暴晒。正午时分，天色突变，先是起了一阵狂风，接着天空中划过一道闪电，雷声轰鸣。

由于天气干燥，闪电击中了一棵干枯了的大树，大树瞬间熊熊燃烧起来。山火火势很大，浓烟滚滚，再加上风的助力，转瞬之间，整个森林都燃烧起来。动物们都被火烧得不停哀号。大火烧了一天一夜才熄灭，这个时候大家全都饥肠辘辘，于是走出山洞去找吃的。

彤鱼氏发现石板上有被烧熟的野猪和山羊，尝过后发现味道非常鲜美，心想要是以后能用石板来炙烤食物，那该有多好呀！第二天，彤鱼氏就带人去山上寻找适合用来烧熟食物的石板。再后来大家捕获的猎物，拿回部落后都在石板上烧熟了再吃。

但是彤鱼氏很快又发现，女人们在烹饪食物的时候，手指会被石板或者食物烫伤。怎样才能解决这个问题呢？彤鱼氏思索了很久，后来发现用竹棒来翻烤石板上的肉类，就再也不会烫到手了。渐渐地，竹棒便演化成了筷子。

自从人们学会了使用筷子，保证了饮食卫生，人们生病的概率也大大降低了，为此，黄帝特意褒奖了彤鱼氏，还让仓颉把彤鱼氏发明筷子的功劳记载下来。

人物介绍

彤鱼氏：名叫邛，相传是黄帝的次妃。据说筷子就是她发明的。

引经据典

《史记》：次妃彤鱼氏女，生夷鼓。

嫫母磨镜

导语

嫫（mó）母是有名的丑女，但是非常贤德，更重要的是，她也是一名发明达人，据说镜子就是她发明的。

嫫母相传是黄帝的另外一个妃子，长相十分丑陋，但是非常贤德。黄帝和嫫母之间的感情十分深厚，黄帝常常对她说：“不忘记磨砺道德，不忘记内心的纯正，就算长得丑又能伤害谁呢！”

黄帝时期，还没有镜子，人们必须站在河边，让自己的面容倒映在河水中，才能看清自己的面貌，梳妆打扮。嫫母因为自己长得丑，也担心被他人笑话，所以哪怕是逢年过节，她都很少去河边梳妆打扮。

有一次，彤鱼氏喊嫫母上山挖石板烹饪食物，嫫母答应了。嫫母力

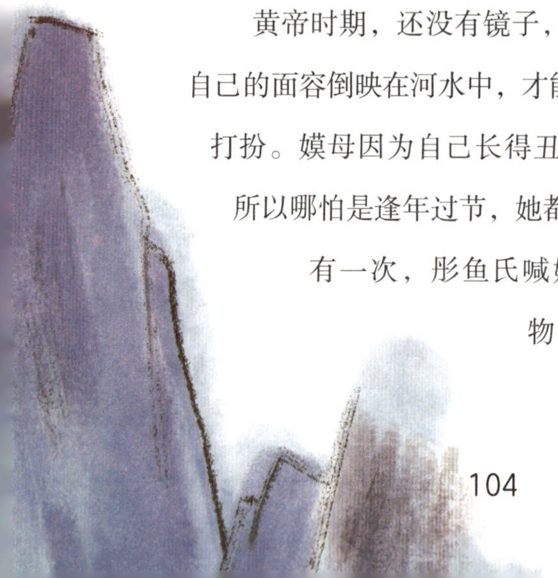

大无比，挖石板的速度很快。还不到半天呢，她就挖出了很多石板。当时正值中午，烈日当空，在阳光的照射下，嫫母发现有一块石片熠熠闪光，特别刺眼。她从泥土里刨出了这块石片，拿起来仔细观察，却惊恐地发现石片里有一个模糊的人影，而且和她还很像呢！

嫫母悄悄地把这块石片带回部落，没有对任何人提起这件事情。等到四下无人的时候，她取出石片，认真观察，看到石片的表面凹凸不平，映照出来的面孔非常奇怪，惨不忍睹。嫫母想：如果用磨石对石片进行精细打磨，映照出来的面孔就会变得好看些吧。很快，她就把石片打磨平整了。她又对着石片仔细看，发现自己的面貌比刚才清晰了。从此，嫫母再也不去河边梳妆打扮了，每天早晨，她都偷偷拿出石片，对着它梳妆打扮，然后再小心翼翼地把石片收藏好。

有一次，嫫母帮助彤鱼氏烤肉，结果火力太大烧炸了石板，飞起的碎石渣划伤了嫫母的脸。嫫母赶紧回房拿出石片，对着石片给受伤的地方敷药。这时黄帝恰巧回来，看到了这一幕，也发现了能够照出人影的石片。

黄帝蹑手蹑脚走到嫫母身后，准备看个仔细。嫫母在石片里看到了黄帝的面孔，无奈，只好把石片的秘密告诉了黄帝，恳请黄帝能够宽恕她隐藏秘密。黄帝呢？他不仅没有惩罚嫫母，还给她记了功。镜子从此便诞生了。

人物介绍

嫫母：传说中黄帝的次妃，长相丑陋却很贤德。相传第一面镜子就是她发明的。

引经据典

《吕氏春秋·遇合篇》：嫫母执乎黄帝。黄帝曰："厉女德而弗忘，与女正而弗衰，虽恶奚伤？"

中国神话故事

竹马书坊 编著

中

古吴轩出版社

图书在版编目（CIP）数据

中国神话故事. 中 / 竹马书坊编著. -- 苏州 : 古吴轩出版社，2021.3
ISBN 978-7-5546-1660-4

Ⅰ. ①中… Ⅱ. ①竹… Ⅲ. ①神话－作品集－中国 Ⅳ. ①I277.5

中国版本图书馆CIP数据核字（2020）第239308号

责任编辑： 蒋丽华
见习编辑： 黄菲菲　张雨蕊
策　　划： 村　上　呼　怡
插画绘制： 秦　婷
装帧设计： 侯茗轩

书　　名： **中国神话故事（中）**
编 著 者： 竹马书坊
出版发行： 古吴轩出版社
地址：苏州市八达街118号苏州新闻大厦30F　　邮编：215123
电话：0512-65233679　　传真：0512-65220750
出 版 人： 尹剑峰
印　　刷： 唐山富达印务有限公司
开　　本： 880×1230　1/32
印　　张： 10.5
字　　数： 166千字
版　　次： 2021年3月第1版　第1次印刷
书　　号： ISBN 978-7-5546-1660-4
定　　价： 98.00元（全三册）

前言

闻一多先生曾经说过："神话是一个民族最早的传统思想文化体现。" 由此可见，神话作为民族文化的源头，作为解读一个民族的密码，值得每个孩子去阅读。

中国神话故事是我国历史的开端，是我们民族的童年印记，是我们的祖先经过长期的社会实践，在劳动生活中创造出来的一种文学样式。盘古开天地、女娲造人、共工怒触不周山、夸父逐日、嫦娥奔月、哪吒闹海等一个个耳熟能详的神话故事，恰恰是我们的祖先对于天地宇宙、人类起源、自然万物、生命探索、部族战争、劳动生活等一切不理解的事物的最为稚拙的幻想，天马行空，无不闪烁着想象的光芒。

当时人类的智慧刚刚萌芽，对一些自然现象根本没有办法解释，因此只能根据自己狭隘的生活体验进行想象。比如，他们不明白世间为什么会有天地之分，会有风雨雷电，因此便想象出了盘古开天辟地的神话；不明白万事万物的由来，于是便想象出了创世女神女娲；不明白为何会出现日月西行、江河东去的现

象，于是便想象出了共工撞断了不周山，“天柱折，地维绝”，从此“天倾西北，故日月星辰移焉；地不满东南，故水潦尘埃归焉”。这一个个闪烁着想象之光的神话，反映了人们对美好生活的向往和追求，它们的神奇瑰丽，散发着无穷的艺术魅力。

然而，和希腊神话不同，中国神话不成体系，只是零散地分布在一些典籍之中。对此，我们编排的这套《中国神话故事》，对神话中错综复杂的人物关系进行了梳理，精心选取了近百篇可读性强的神话，用生动有趣、轻松简洁的文字，为孩子们讲述精彩纷呈的神话故事。每个故事篇首设置“导语”版块，在激发孩子们好奇心的同时，可以带孩子们走进神秘的神话世界并帮助他们轻松理解神话内容；篇末设置“人物介绍”“引经据典”版块，带孩子们了解不同神话人物的性格特征，同时为所选神话提供学术支持，确保其准确性。此外，全书搭配了精彩传神的插画，图文并茂，可进一步激发孩子们的阅读积极性。

神话是我们的文化土壤，离开了神话的民族，就像古希腊神话里的安泰，失去了大地之根的滋养和护佑，生命终将萎谢。愿我们的孩子，在成长的历程中总有神话相伴，能从神话中找到前行的动力和勇气。

编者

目录

001 郁垒神荼

005 杜康酿酒

009 共工怒触不周山

012 女娲补天

015 精卫填海

019 夸父逐日

023 西圣王母

026 羲和浴日

028 常羲沐月

032 唐尧施仁政

035 鹿女降龙

038 丹朱化鸟

041 羿射九日

046 嫦娥奔月

050 逢蒙杀羿

054 参商二星

057 重明鸟

061 虞舜孝行

064 湘水之神

068 鲧伯取土

071 大禹治水

075 涂山氏之女

078 诛除相柳

081 巨人防风氏

084 皋陶造狱

086 伯益调驯百兽

089 金睛无支祁

091 孔甲养龙

094 玄鸟生契

097 姜嫄生稷

100 伊尹生空桑

103 周穆王西游

郁垒神荼

导语

小朋友们，每到春节的时候，家家户户都会贴门神，你们知道最早的门神是谁吗？相传他们是黄帝手下擅长捉鬼的两员大将——神荼（shēn shū）和郁垒（yù lǜ）。

相传，黄帝手下擅长捉鬼的两员大将神荼和郁垒，是有史以来的第一任门神。神荼和郁垒到底是如何成为门神的呢？

相传，在远古时期的东海上，有一座美丽的度朔山，也叫桃都山。山上长着一棵树冠硕大的桃树，如果把树冠延展开，足足有三千多里长。有一只金光闪闪的大公鸡住在树顶。每天早晨，金鸡都站在桃树上，眺望着正在冉冉升起的太阳，嘹亮地叫着“喔喔喔”，这就是后人们常说的“金鸡报晓”。大金鸡引吭高

歌，十万里远处都能听得清清楚楚。后来，人世间那些普通的大公鸡也向金鸡学习，每天早晨都争抢着报晓，天很快就亮了！难怪人们都喜欢说“雄鸡一唱天下白”呢！

大桃树的东北端有一根很粗壮的树枝，形状就像拱门一样，树梢如果弯曲下来，可以挨着地面。可想而知，拱门非常拱，再加上树叶的装饰，就像一扇天然的大门。

在桃都山脚下，住着无数个妖魔鬼怪。听说桃都山上有一棵大桃树，这些妖魔鬼怪都迫不及待地上山啃桃树。它们从天然的大门经过，爬到桃树上，争先恐后地啃着桃树。

黄帝知道这件事情之后非常震惊：桃都山上居然有妖魔鬼怪兴风作浪，还敢去啃千年的古桃树，万一它们真的把桃树啃倒了，那么金鸡就没有地方住了，也就没有办法打鸣了，天还能亮吗？黄帝为此忧心忡忡，马上派了神荼和郁垒这两位神将，去桃都山上捉鬼。

神荼和郁垒身材高大魁梧——足足有五丈高，站立着，就像两座黑山一样。他们面貌狰狞，头和斗一样大，眼睛和八个铜铃差不多大。在古代，人们都觉得一个人如果长相奇异，那么能力一定也非常奇异。的确如此，神荼和郁垒就很善于捉鬼，堪称是黄帝手下“捉鬼大队”的队长。他们的手上都拿着一条绳索，那实际上是仙索，可以用来捆绑妖魔鬼怪。

神荼和郁垒来到桃都山上，看到恶鬼多得数都数不过来，赶紧系起这绳索，只见桃都山上“唰……”地闪出一道金光，“哗——哗——哗”，转眼之间，他们就把所有的恶鬼都锁住了。神荼、郁垒抓住这些恶鬼后，把罪大恶极的恶鬼单独捆绑起来，扔到桃都山的后山上喂老虎。原来，老虎喜欢吃鬼呀。犯了小错误的那些鬼吓得瑟瑟发抖，它们不敢造次，只能听凭两位神将发落。

每天早晨，两位神将都会站在那扇天然的大门前，喊着口号，对那些犯了小错误的恶鬼们进行操练。只要有小鬼动作不标准或者不争气，两位神将马上把它们捆起来扔到后山去喂老虎。看到两位神将言出必行，对待操练一丝不苟，这些恶鬼们再也不敢违抗他们的命令，只要见到他们，就吓得魂飞魄散。

日久天长，人世间的老百姓也听说了神荼、郁垒善于捉鬼的故事，为了驱逐恶鬼，每年过年的时候，人们就在两块桃木板上画神荼、郁垒的画像，或者写上神荼、郁垒的名字，然后把桃木板分别挂在门的两侧，用以驱邪。渐渐地，人们给这两块画着神荼和郁垒的桃木板取了个名字，叫作桃符。

人物介绍

神荼：位于左边门扇上的门神。身着斑斓战甲，面容威严，姿态神武，手执金色战戟。

郁垒：位于右边门扇上的门神。一袭黑色战袍，神情闲逸自适，两手无神兵或利器，只是探出一掌，轻抚着坐立在身旁的巨大金眼白虎。

引经据典

《风俗通》：上古时有神荼、郁垒，昆弟二人，性能执鬼。度朔山上有桃树，下常简阅百鬼。鬼无道理者，神荼与郁垒持以苇索，执以饲虎。

杜康酿酒

导语

相传，杜康在无意间发现了一种神奇之水，仓颉将这种水命名为“酒”，因此杜康也被后人尊为“酿酒始祖”。

黄帝建立部落联盟后，带着人民耕种粮食。

老百姓干劲十足，每天都在田地里辛苦地耕耘。渐渐地，田里的庄稼长势越来越好，老百姓从吃不饱肚子，到开始有了余粮。

眼看着部落里储存的粮食越来越多，黄帝就命令杜康专门负责与粮食相关的事情，包括种植粮食和储存粮食。

杜康上任后一连好几年，风调雨顺，山洞里储存的粮食越来越多。虽然杜康对待工作尽职尽责，但因为没有通风良好的仓库用来长期储存粮食，以及缺少科学的方法保管粮食，堆积在阴暗潮湿的山洞里的粮食都发霉了。黄帝看到老百姓辛辛苦苦种植出来的粮食都浪费了，勃然大怒，命令杜康从此以后不用再管粮食生产，而要全力以赴地保管好粮食。杜康也深知粮食来之不易，所以并不抱怨黄帝撤了他的职务，而是投入所有的时间和精力，全心全意地研究到底怎么做才能保管好粮食。

有一天，杜康在森林里狩猎，看到有一大片枯死的大树，而且有几棵树粗壮的树干是空心的。他灵机一动，心想：假如把粮食储存在树洞里，是不是能保存更长的时间呢？因此，他带着手下把所有枯死的大树都掏空树干，又把原本储藏在山洞中的粮食都装进了树洞里。

杜康每天都去检查树洞里的粮食，发现粮食果然没有发霉。转眼之间，两年过去了，粮食因为遭受风吹、日晒和雨淋，居然开始发酵。一天，杜康上山查看粮食情况的时候，意外地发现有很多动物横七竖八地躺在一棵装满粮食的枯树周围呼呼大睡。他非常纳闷，心想：这些动物为何全都睡着了呢？正在杜康百思不得其解的时候，一头野猪醒了过来，看见杜康正在盯着它看，它立刻窜到树林里逃走了。随后，躺在地上的动物也全都清醒过来逃跑了。

杜康对此更是疑惑不解，当他带着疑问正准备离开时，看到有两只活蹦乱跳的梅花鹿走到装满粮食的树洞处，伸出舌头舔树皮。杜康躲在不远处的大树后想要看个清楚，没过多久，就看到这两只鹿步态踉跄（liàng qiàng），离开大树走了没几步，就躺在地上呼呼大睡。杜康非常惊讶，他立刻跑过去观察鹿刚才舔的树皮。仔细一看，原来装满粮食的树洞开裂了，由里向外渗出水来。杜康恍然大悟，明白了之前的那些动物正是因为舔食了树皮上渗出来的水，才倒头就睡。

杜康凑近树皮闻了闻，只觉得一股清香的味道扑鼻而来，于是情不自禁地伸出舌头舔了一下。舔了几口后，杜康觉得头晕，也躺在地上睡着了，过了许久才醒来。杜康也许是因为睡饱了，也许是因为喝了这种清香浓郁的水，只觉得神清气爽，浑身充满了力量。他赶紧用随身带着的盛水罐装了很多树洞里渗出来的水，三步并作两步地回到部落，把自己的奇特经历告诉大家，并把带回来的神奇之水分给大家喝。大家都觉得这水的味道特别好，但是谁也说不清楚这究竟是怎么回事。大家七嘴八舌：有人说应该把这件事告诉黄帝；有人却担心杜康把粮食变成了水，黄帝会怪罪杜康。不想，杜康气定神闲地说：“事已至此，无论如何，我都要告诉黄帝。而且，纸是包不住火的。”就这样，杜康提着罐子里的神奇之水去找黄帝了。

听杜康讲完整件事情，黄帝又亲口品尝了神奇之水。品尝完后，黄帝也很困惑，于是召集大臣一起商议这件事。大臣们全都认为神奇之水是粮食经过发酵得来的元气之水，而并非毒水。因此，黄帝不但没有惩罚杜康，反而命令杜康继续观察储存粮食的树洞，还让杜康一定要弄清楚事情真相。

后来，仓颉将这种神奇之水取名为“酒”。杜康因为无意中发现了酒，被后人们称为“酿酒始祖”。如今，还有一种酒就叫杜康酒呢！

人物介绍

杜康：我国古代传说中的酿酒始祖，被后世尊称为“酒神”。

引经据典

《说文解字》：杜康作秫酒。

共工怒触不周山

导语

相传很久很久以前，在水神共工和火神祝融之间，发生了一场著名的“水火不相容”的大战……

盘古开天辟地后，水神共工和火神祝融之间矛盾重重。一天，水神共工突然向火神祝融发起了进攻。他带领手下攻打祝融居住的光明宫，把光明宫四周长年不熄的神火弄灭了，大地顿时陷入一片黑暗之中。

祝融被激怒了，他驾着遍身冒着烈焰的火龙出来迎战，所到之处，黑暗悄悄退去，大地又重现光明。共工恼羞成怒，他命令部下把三江五海里的水吸上来，向祝融倾去。刹那间，只见长空中黑浪翻腾，神火又一次被浇熄了。

祝融也毫不示弱，他请来风神帮忙，风助火威，火乘风势，熊熊的烈火向共工他们直扑过去，把他们烧得焦头烂额。共工率领水军边战边退，逃回大海。他满以为祝融

遇到大水，肯定会知难而退。没想到祝融这次下了必胜的决心，他全速追击，火龙所到之处，海水不由滚滚向两旁翻转，让开了一条大路。

祝融直逼水宫，共工只好率领部下硬着头皮出来迎战。最后，火神祝融取得了胜利，水神共工狼狈地向天边逃去。

共工一直逃到不周山，回头一看，追兵已近。共工又羞又愤，一头向山腰撞去，只听“哗啦啦”一声巨响，不周山竟然被撞折了。不周山一倒，大地陷入一片灾难中。原来这不周山竟是一根撑天的大柱子，柱子一断，半边天空就坍塌了下来，露出了一个大窟窿。这个时候，天河顿时倾泻，洪水像猛兽一样泛滥起来，淹没了无数的农田和村庄。

人物介绍

共工：又称共工氏，相传是炎帝的后代，是我国古代神话中的水神。

引经据典

《补史记·三皇本纪》：诸侯有共工氏，任智刑以强，霸而不王，以水乘木，乃与祝融战。不胜而怒，乃头触不周山，崩，天柱折，地维绝。

女娲补天

导语

不周山被共工撞断之后，天河里的水倾泻而下，瞬间淹没了大地。为了拯救生活在大地上的生灵，女娲炼成了五彩石，收集了芦草，补好了天，填平了地……

共工把不周山撞断之后，天河水倾泻而下，人间顿时洪水肆虐，波浪滔天。面对突如其来的灾难，人类措手

不及，死伤无数，幸存者全都像没头苍蝇一样四处逃窜。与此同时，原本生活在深山老林里的各种猛兽因为受到惊吓，也逃窜出来，伤人无数。看到自己辛辛苦苦造出来的世界沦为人间地狱，女娲发誓，一定要拯救人类，让世间恢复秩序。

女娲看到天顺着破洞的边缘继续塌陷，还时不时地震动着，开始焦急地修补天地。她从山川江河中搜集了很多五彩晶石。她架起火堆，昼夜不停地烧着五色石，将其熔炼成黏糊糊的岩浆。女娲用滚烫的岩浆修补天上的大窟窿，天渐渐地恢复了完整。因为补天用的石头是五色的，从此以后天空中便出现了彩霞和彩虹。

女娲又从大海里捕捉到一只硕大无比的乌龟，将乌龟的四条腿分别放在大地的四个方向，支撑着天空。

女娲还采集了很多芦草，堆在一起。只见她又一次点起了火，把芦草烧成灰烬。原来，她要用这些灰烬填补大地的裂缝。等到所有的裂缝都填补好之后，洪水渐渐地退去了。女娲不但赶走了那些从森林深处逃出来为非作歹的野兽，还杀死了一条在中原地区作恶多端的恶龙，这样一来，人类面对的危险就大大减少了。

女娲耗尽了所有的力气，终于把天补好了，把地填平了，把灾祸平息了。看着太阳重新升起，高高地悬挂在天空中，照耀着大地；看着人类从灾难中获得新生，大地再次呈现出一派生机勃勃的景象，女娲欣慰地笑了。

人物介绍

女娲：我国神话传说中的创世女神，被后人尊称为“大地之母”。

引经据典

《列子·汤问》：然则天地亦物也。物有不足，故昔者女娲氏炼五色石以补其阙，断鳌之足以立四极。

精卫填海

导语 在浩瀚的东海上，飞翔着一只叫精卫的小鸟，它每天都会衔来石子和树枝，扔进东海里，想要填平它……

女娃是炎帝的小女儿，炎帝非常疼爱她。还在很小的时候，女娃就想和炎帝一起去东海，观赏壮观的日出景象。但是炎帝太忙了，始终没有时间满足女娃的心愿。

在长期的憧憬（chōng jǐng）之中，女娃的好奇心越来越强。终于有一天，她孤身一人离开家，前往东海。女娃跋山涉水，历经千辛万苦才来到了东海。女娃到达东海时，正是清晨，她刚好看到一轮红日从东海中喷薄而出。转瞬之间，海面上洒下了无数道金光，在朝霞的映照下，一群洁白如雪的海鸥盘旋在空中，一切都美极了。

女娃沉浸在美丽的景色中，情不自禁地跳进大海里，高兴地游来游去，一不小心游到了大海深处。此时，天色陡然变了，大雨疯狂地洒落到海面上。海面上巨浪滔天，陷入

一片黑暗中。女娃听到狂风吼叫，雷声四起，不由得惊慌失措，赶紧拼尽全力朝着岸边游去。突然，一个巨大的浪头打来，女娃被卷入了海底深处，失去了宝贵的生命。

几天后，就在女娃沉入海底的地方，一只小鸟破浪而出。它的喙是白色的，又细又长；脚爪红红的；身上的羽毛乌黑发亮。它的头上还戴着一顶花羽冠，漂亮极了。小鸟口中不停地发出“精卫，精卫”的叫声，人们便为它起了个名字，就叫精卫。

精卫心怀怨气，总想把东海填平。它住在长满荆棘的发鸠山上，每天清晨天不亮就从发鸠山衔着小树枝或者小石子，飞到东海上空投到海里。东海似乎看透了精卫的心思，海面上总是掀起高高的海浪，想要淹没精卫。但是，精卫毫不畏惧，始终全力以赴地穿行于风浪之中，哪怕风浪折断了它美丽绚烂的羽毛，它也在所不惜。日复一日，它不辞辛苦地衔树枝和石子。长长的白喙被磨秃了，很快就会再长出新的；原本纤细柔弱的脚爪，也变得越来越粗糙有力。不管发生什么事情，它从未停止过填海。

东海非常愤怒，问精卫：“你为什么这样恨我，要把我填平呢？”精卫愤愤地说：“因为你冷酷无情，夺去了我的生命。我还那么年轻，你怎么忍心呢！如果不把你填平，将来只要有机会，你还会夺取其他年轻无辜的生命。”

东海愤怒了，咆哮着，奔腾着，掀起了比山更高的滔天巨浪，冲着精卫怒吼道：“小鸟，我这么大，无边无际，就凭着你微不足道的努力，哪怕再过一百万年，你也不可能把我填平！”

看着暴怒的东海，精卫坚定不移：“如果一百万年里，我不能把你填平，那么我会用一千万年、一万万年，即使到了世界的末日，我也不会停歇，直到把你填平为止！”说完，精卫马上飞回发鸠山，衔起一颗石子毫不迟疑地投进东海里。

就这样，一天天，一年年，精卫不知疲倦，衔木石以填沧海，从未停止过。

人物介绍

精卫：上古神话传说中炎帝最小的女儿，后来溺水而亡，魂魄化作精卫鸟。

引经据典

《山海经·北山经》：女娃游于东海，溺而不返，故为精卫，常衔西山之木石，以堙于东海。

夸父逐日

导语

相传夸父是大神后土的后代，有一年，发生了旱灾，夸父特别生气，发誓要把太阳从天上摘下来，他不屈不挠地向太阳追去……

黄帝时期，在北方大荒中有一座大山拔地而起，这座山非常非常高，几乎和天空一样高了，因此人们称它为“成都载天”。这座山不仅高，而且十分陡峭，到处都是悬崖峭壁，常年云雾缭绕。山上长满了挺拔直立的松柏，景色壮美。大神后土的后代夸父就住在这如同仙境般的大山上。他身材高大，力大无穷，为人正直，最喜欢打抱不平，伸张正义。

有一年，发生了旱灾。太阳如同一个硕大的火球悬挂在天空中，在烈日的炙烤下，所有的江河湖泊里的水都快干涸了，整个世界寸草不生，满目荒凉。就连大地都被烤得到处都裂开了口子，远远望去，就像乌龟的背一样。看到太阳这么任性，夸父特别生气，发誓要把太阳从天上摘下来。太阳看到夸父怒气冲天的样子，有些心虚，也有些害怕，立刻向西山逃去。

看到太阳想逃走，夸父拔腿就开始追。太阳见势不妙，马上加速，与此同时向夸父射出炙热的光芒，想阻止夸父的追逐。夸父被太阳烤得汗如雨下，却始终没有停下脚步。很快，他已经追了太阳一万多里地，马上就要到达太阳落下的禺谷了。夸父高兴极了，对着太阳大喊："看你往哪里逃！"太阳身处绝境，无处可逃，趁着夸父毫无防备之际，突然集中全部的热量射向夸父。夸父被强光刺中，头晕目眩，眼冒金星，感到极度干渴，生命危在旦夕。他一边鼓励自己"不能倒下去"，一边俯身喝黄河里

的水。然而，他把黄河和渭河全都喝干了，依然觉得口渴难忍。

夸父绝不认输，决定先去喝大泽的水，再继续追赶太阳。夸父才刚刚走到大泽边，还没来得及俯身喝水呢，突然觉得眼前一黑，就像大山一样轰然倒地。临死时，夸父心有不甘地看着太阳西落，一声叹息，用尽全身的力气把手杖掷向太阳，满怀遗憾地死去了。

第二天早晨，太阳照常从东方升起，看到夸父倒地而死，不由对夸父心生敬意。在阳光的照耀下，夸父的手杖很快长成了桃林，硕果累累。

人物介绍

夸父：相传是大神后土的后代，擅长奔跑，身怀巨力。

引经据典

《山海经·海外北经》：夸父与日逐走，入日。渴，欲得饮，饮于河、渭；河、渭不足，北饮大泽。未至，道渴而死。弃其杖，化为邓林。

西圣王母

导语

西圣王母是大家耳熟能详的神仙，她不但掌管着能让人长生不老的丹药，还拥有一片蟠（pán）桃园。据说树上结的蟠桃，凡人吃了也会长生不老呢！

西圣王母是我国神话中大家耳熟能详的一位神仙。她法力无边，相传是三界之中所有的女仙和天地之间一切阴气的主宰，也负责管理人们的姻缘和生育。

西圣王母最早的形象是非常令人害怕的。《山海经》里多次提到过她，说她住在昆仑山顶，总是穿着一条用豹子皮做的裙子，因为加工豹子皮的时候没有取下尾巴，所以她的身后总是垂着一条豹子的尾巴；而且喜欢披散着头发，把玉簪子插在头发上作为装饰。不仅如此，她还没有牙齿，就让人用老虎的牙齿为她做了假牙。

到了汉代的时候，西圣王母的形象发生了翻天覆地的变化，她变成了一个容颜绝世的华美女神。不仅如此，西圣王母的心地还十分善良。

平日里，处理完所有的工作之后，西圣王母最喜欢炼制丹药。据说，她还收藏了能让人长生不老的灵丹妙药呢！不过，西圣王母最大的心愿，是想自己研制出长生不老药。

神仙也需要吃东西，那么，西圣王母吃什么呢？她总不能只靠着吃丹药活着吧。其实，西圣王母吃的食物特别丰富，而且十分美味。西圣王母有三只青鸟，每一只青鸟都体形巨大，有红色的大脑袋，还有乌黑的眼珠。这三只青鸟是西圣王母的“特派员”，每天都四处为西圣王母寻找美味的食物。

西圣王母有一座蟠桃园。蟠桃园里长满了各种各样的桃树，每一棵桃树都结满了桃子，桃子水灵灵、红艳艳的，味道鲜甜，非常诱人。相传，这些蟠桃每三千年才会成熟一次。普通的凡人，如果能吃到一颗蟠桃，就可以长生不老，青春常在。

蟠桃园里不仅长满了桃树，而且有很多奇花异草。一年四季，蟠桃园都生机盎然，特别美丽。每年农历的三月初三，西圣王母都会在蟠桃园里举行盛大的生日宴会，邀请所有的神仙来参加。在生日宴会这天，大家都可以吃到刚刚从枝头上摘下来的蟠桃。可见，西圣王母还是很慷慨大方的！

渐渐地，西圣王母的蟠桃生日会成了神仙们的节日，每个神仙都盼望着参加“蟠桃盛会”，因为这样既可以大快朵颐，又能够延年益寿，还能趁机与各路神仙相会，真可谓是一举三得。

人物介绍

西圣王母：我国神话中掌管不死药、罚恶、预警灾疠的长生女神。

引经据典

《山海经·西山经》：又西三百五十里，曰玉山，是西王母所居也。西王母其状如人，豹尾虎齿而善啸，蓬发戴胜，是司天之厉及五残。

羲和浴日

导语

太阳女神生了十个孩子，即十个太阳，她带着孩子们住在东方的汤谷里。十个太阳每天轮流在天空中值班，他们上班前都会跳进咸池，把自己洗得干干净净的……

大荒之中有座山，叫天台山。这座山在海的北面，海水就从南面流进山里。羲（xī）和国就在东海之外，甘水之间。太阳女神羲和就住在羲和国。

太阳女神羲和相传是天帝帝俊的妻子，她和帝俊生了十个孩子，即十个太阳。她带着孩子们住在东方海外的汤谷里。汤谷里有一棵大树，叫扶桑，高达几千丈，是十个太阳的家。天空中只需要一个太阳就可以了，该让谁去天空中值班，给人们带来光明和温暖呢？太阳们争先恐后，有时候甚至会大打出手。看到十个孩子为了谁去天空值班而争执不休，太阳女神只好排定了值班表，让孩子们按照出生的顺序轮流值班。

每天早晨，太阳女神羲和都会驾车送当天值班的太阳去天空。太阳女神的车子可壮观了，不仅金碧辉煌，而且由六条龙拉着，威风凛凛。他们从汤谷出发，到达终点蒙谷，其间一共要经过十六站。走完整个路程，恰巧需要一天的时间。为了节省时间，太阳女神驾车到达第十四站悲泉时，就会让当天值班的太阳下车步行，这样她才能驾着空车尽快赶回汤谷，做好准备，送第二天值班的孩子到悲泉。

每天清晨，值班的太阳在没有登上龙车出发前，都要跳进咸池，把自己洗得干干净净的。太阳女神和孩子们都很爱干净。除了要求孩子们在出发去天上值班之前在咸池洗澡之外，她还经常带着孩子们一起去南海外的甘渊洗澡。甘渊的水非常清澈，羲和认真仔细地帮助每一个孩子洗澡，这样，每个太阳出现在天空中的时候，都是那样干净明亮。

人物介绍

羲和：中国上古神话中的太阳女神与制定时历的女神。

引经据典

《山海经·大荒南经》：东南海之外，甘水之间，有羲和之国。有女子，名曰羲和，方日浴于甘渊。

常羲沐月

导语

月亮女神生了十二个女儿，即十二个月亮。月亮们也轮流去天上值班，每个月轮流一次。每当在天空中值守的月亮回来，常羲就会带着她去池塘里洗澡……

大荒西边，有一片辽阔无边的原野。在原野上，有一片不知名的水塘。月亮女神常羲跟太阳女神羲和一样，也非常爱干净，喜欢为孩子们洗澡，所以经常带着月亮来水塘里洗澡。

帝俊有两个妻子，月亮女神常羲就是帝俊的另一个妻子。她和帝俊非常恩爱，生了十二个女儿，即十二个月

亮。十二个月亮都有着圆润饱满、光洁银亮的脸庞，长得完全相同。和十个太阳一样，十二个月亮也争先恐后地要去天空值班，并且常常为此吵闹不休。月亮女神只好也为她们排了值班表，让她们轮流去天上值班。唯一不同之处在于，太阳们是每天轮换一次，月亮们却是每个月轮换一次。跟羲和一样，常羲也很疼爱女儿们，每个月都会亲自驾着月亮车送当值的月亮去天空中巡游、上岗。和太阳女神金碧辉煌的太阳车不同，月亮女神的月亮车是银白色的，熠熠闪光，是由九头凤凰拉着的。每当月亮女神驾驶月亮车在天空中巡游时，整个大地都会洒满柔和的月光，黑暗变得越来越淡，人们即使在夜色中行走，也不会再感到恐慌和迷乱。

每当在天空中值守一个月的月亮女儿值班回来，常羲就会带着她去那个池塘里洗澡。因为担心有人会借机偷窥，所以月亮女神和月亮们从来不告诉任何人池塘的具体位置，其他人顶多知道池塘在大荒西边的原野某处。和太阳们相比，月亮们更爱梳妆打扮，也更爱美丽。每天，值班的月亮都会穿不同的衣服，正是因为如此，每天晚上的月亮都是不同的：有的时候是圆的，就像一个大银盘；有的时候是缺的，就像一弯小船；还会变得很细很细，就像一片狭长的柳树叶。

太阳们很顽皮，时常会缺席，偷偷溜到其他地方玩，这时天空就会阴云密布，天色阴暗。比起太阳，月亮则很乖巧可爱，很听月亮女神的话。她们始终尽心尽职地完成月亮女神交代的任务，让人们在大部分晚上都可以沐浴着皎洁的月光，享受惬意的夜晚。大人们辛苦工作了一天，身心疲惫，可以安静地休息；孩子们在经过一天的学习之后，沐浴着清亮的月光，尽情地嬉笑打闹。自古以来，还有很多诗人都喜欢赏月，也写出了大量赞美月亮的诗篇。

人物介绍

常羲：我国神话传说中的月亮之母，生了十二个月亮。

引经据典

《山海经·大荒西经》：有女子方浴月。帝俊妻常羲，生月十二，此始浴之。

唐尧施仁政

导语

尧也叫唐尧，是我国古代传说中贤能的帝王，他有着一颗仁爱的心，不仅勤政，而且爱民，深受百姓们的爱戴。

在历史上，尧把部落首领的位子禅让给了舜，被传为佳话。那么，什么是禅让呢？禅让，就是指统治者在生前把首领之位让给他人。“禅”的意思是“当着祖宗的面推荐他人”，“让”的意思是“让出帝位”。由此可见，尧禅让舜，是深明大义的举动。

相传，尧是陶唐氏部落的首领，后来，因为德高望重，深得众人的信赖，又被推选为部落联盟的首领。晚年，尧没有把首领之位交给自己的孩子，而是禅让给舜，就是想让舜带领部落里的人过上更好的生活。

尧帝的母亲是伊耆侯的女儿庆都，父亲是帝喾（kù）。

庆都在嫁给帝喾之后，依然住在娘家。有一年初春，庆都和父母乘坐小船游览三河时，看到天空中飞舞着一条赤龙和很多很小的赤龙，晚上在睡梦中又梦到了这条赤龙。醒来后，庆都发现身旁有一张红色的人像，人像旁边写着：亦受天佑。

后来，庆都怀孕了。过了整整十四个月，庆都才生下尧。尧的脸上面狭窄，下面丰满，眉毛是八字形状的，头发特别长，长得和画像上的人一模一样。

尧出生不久，帝喾的母亲去世了。帝喾非常孝顺，因为母亲去世而悲痛欲绝，要为她守孝三年。他无暇顾及庆都母子，所以庆都一直带着儿子住在娘家。直到儿子十岁，她才让儿子回到帝喾的身边。

尧的生活非常节俭，住在茅草房子里，用没有刨过的原木作为柱子和房梁；每天吃糙米饭，喝野菜汤，很少吃肉。他对衣服也从不讲究，总是穿着粗布衣裳。夏天，他穿着用麻布做的衣服；冬天，他就把鹿皮简单缝制后穿着，用来御寒。生活中，他使用的器皿也特别朴素简单，在他的住所，没有任何精致的器具，只有寻常百姓家最普通的碗、土钵等器具。如果不是知道尧是首领，人们一定会误以为他就是普通百姓，过着寻常日子。

尧有着一颗仁爱的心，对老百姓特别好。当看到老百姓挨饿了，尧就会说：“都是因为我做得不好，老百姓才会挨饿呀！”当老百姓穿不暖，忍受寒冷，尧又会说：“都是因为我做得不好，老百姓才会挨冻的呀！”当老百姓因为犯罪而受到惩罚，尧总会说：“都是我管理不好，才让老百姓陷入罪恶呀！”

尧当了整整七十年的部落联盟首领，在位期间先是遭遇大旱，后又遭遇水患。他一直带领老百姓与天灾做斗争，努力过上好生活。在尧的带领下，老百姓的日子越来越好过，生活越来越幸福。

人物介绍

尧：传说中我国古代的帝王。号陶唐氏，史称“唐尧”。他在位的时候施行仁政，后将首领之位禅让给舜。

引经据典

《史记·五帝本纪》：帝尧者，放勋。其仁如天，其知如神。就之如日，望之如云。

鹿女降龙

导语

鹿女也叫姑射仙子，住在姑射山上。她是一位心地善良的仙女，为了百姓的安康，孤身一人降服了在人间兴风作浪的黑龙。

上古时期，有个名叫鹿女的仙女，她长得十分美丽，心地也非常善良，不仅关心老百姓的疾苦，还很乐于助人。在鹿女所居住的仙洞附近，有个黑龙潭。有段时间，黑龙潭里出现了一条黑龙，它常常到人间兴风作浪，为非作歹，祸害百姓。老百姓每天都提心吊胆，连家门都不敢出，就连田地也荒废了。看着田地里杂草丛生，鹿女担心收成不好，老百姓将来没有粮食吃。她焦急万分，于是决定去黑龙潭，杀死黑龙。当鹿女来到黑龙潭边的时候，黑龙正在潭底呼呼大睡呢，被鹿女吵醒后，它马上火冒三丈地浮出水面。黑龙看到鹿女是个年轻美丽的女子，看起来手无缚鸡之力，因此丝毫不把鹿女放在眼里，立刻对鹿女发起了攻击。鹿女丝毫不畏惧黑龙，只见她胸有成竹地用手指指向黑龙，黑龙马上就失去了法力，瘫在地上如同一根软面条。这下子，黑龙知道了鹿女的厉害，当即大声求饶：“仙女饶命，仙女饶命，我愿侍奉您，一举一动都听从您的调遣。”鹿女是个好心的仙女，看到黑龙求饶，她就饶了黑龙，让黑龙做了她的坐骑。

尧成为部落联盟首领后，外出巡视的时候，从牧民口中得知了鹿女降龙的故事，又恰巧看到鹿女裙裾飘飘回到仙洞，因而对鹿女念念不忘。有一天夜里，尧梦见明眸（móu）皓（hào）齿的鹿女从天而降，温柔地对他微笑，他便牵起鹿女的手，和鹿女一起驾云遨游。醒来之后，尧更渴望见到鹿女了。他再次拜访鹿女的仙洞，误把黑虎仙扮的女子当成是鹿女，险些中了黑虎仙的圈套，幸好被真正的鹿女救了。

最后，尧娶了鹿女为妻，和鹿女生下了一个儿子，给他取名叫朱。过了一段时间，黑虎仙又开始作乱了，鹿女向天帝告发了他，可是同时却暴露了她与尧的婚姻。她被

天帝强行要求与尧和儿子分开，回到了天庭。但是，老百姓从未忘记鹿女的恩情，时常纪念她。

人物介绍

鹿女：又称姑射仙子，是我国神话传说中的一位心地善良的仙女。相传是丹朱的母亲。

引经据典

《列子·黄帝篇》：姑射山在海河洲中。山上有神人焉，吸风饮露，不食五谷；心如渊泉，形如处女；不偎不爱，仙圣为之臣。

丹朱化鸟

导语

尧非常贤能，可是他的儿子丹朱却性情顽劣，整日胡作非为。尧帝忍无可忍，只好把丹朱流放到了丹水……

尧有十个儿子，丹朱虽然是长子，却没有长子的样子。他脾气暴躁，游手好闲，非但不能做兄弟们的表率，还常常起到负面影响。对于丹朱的表现，尧很担心，一直想方设法教育丹朱，可是丹朱却劣性难改，依然我行我素。

丹朱最喜欢和狐朋狗友一起四处游玩，哪怕在洪水肆虐的时候，也不曾收敛，而是乘船在水上游玩。来到水浅的地方，船只不能通过，丹朱还让人站在水里推着船只向前走，他则在船上吃喝玩乐。沉重的船身摩擦着水草和泥沙，剧烈地颠簸着，“咯吱咯吱”地响着；推船的人累得筋疲力尽，气喘吁吁，而丹朱毫不在意。

偶尔留在家里的日子，丹朱更是为所欲为，坏事做尽。弟弟们看到丹朱胡作非为，无法无天，全都对丹朱不服气，根本不服从丹朱的管教。为此，他们十兄弟之间经常发生内讧，吵闹不停。

尧看到丹朱性情顽劣，管教也没有效果，非常担心。为了管住丹朱，他创制了围棋，想让丹朱喜欢上这种游戏，从而潜移默化地接受熏陶，改善性情，改邪归正。刚开始的时候，丹朱对围棋非常感兴趣，也曾经收敛心性研究过围棋。然而随着下棋的次数越来越多，他渐渐感到无趣，居然异想天开地创造了以桑树作为棋局，以大象和犀牛作为棋子的另类围棋。

尧看到丹朱自身能力有限，做事情又没有长性，根本无法掌管国家，于是把丹朱流放到南方的丹水，而把帝位禅让给舜。果然，丹朱联合三苗部落一起反对尧。尧帝为了消除舜的后顾之忧，亲自率领大军赶去丹水平定叛乱。

听说尧率领的大军已经火速赶来，丹朱和三苗部落仓促迎战，与尧的大军对峙（zhì）。就这样，尧和丹朱率领的军队在丹水展开激战。丹朱对水上的生活很熟悉，因此他负责统率水军。他的水军的确不同寻常，每个人都能在水面上健步如飞。尧的水军吃了大亏，接连好几次都打了败仗，损兵折将。三苗负责统率陆军，他们个个都有勇无谋，因而在与尧的陆军对战时，一点儿便宜都没占到。最终，尧靠着足智多谋，又因为得到了当地人民的帮助，首先打败了三苗的陆军，使丹朱的水军失去了援助力量；然后又采用计策击败了丹朱的水军。就这样，这场轰轰烈烈的变乱，以尧取得胜利结束了。

丹朱带着寥寥无几的部众溃败而逃，到达南海，跳海自杀。他的灵魂变成了一只鸟，名字叫作朱。这鸟的形状有点像猫头鹰，一对脚爪却好像是人的手。它出现在哪里，哪里的将士就将要被放逐。

人物介绍

丹朱：相传是我国上古时期部落联盟首领尧的长子。擅长围棋，被后世尊称为“棋圣”。

引经据典

《吕氏春秋》：尧战于丹水之浦，以服南蛮。

羿射九日

导语

传说远古时候，太阳女神生了十个太阳，这些太阳们每天轮流在空中值班。有一天，太阳们异想天开，一起跑到天上去玩，这下子地上的花草树木、飞禽走兽全都被晒得受不了了。这个时候，神射手羿（yì）决定拯救众生。

古时候，太阳女神生了十个儿子，全家人一起居住在东海边。

太阳女神很爱干净，她常常把十个孩子都放到咸池洗澡，并且把每个儿子都洗得干干净净的。每次洗完澡，太阳女神都让儿子们模仿小鸟的样子，栖息在一棵高大的树上。渐渐地，太阳们都不愿意回家了，而喜欢住在树上。

这棵树在低处有九根树枝，在高处有一根树枝。因此，有九个太阳都栖息在低矮的树枝上，只有一个太阳栖

息在高处的树枝上。每当夜幕退去，曙光到来，需要阳光照耀大地时，栖息在高处树枝上的太阳，就会坐着太阳马车，轰隆隆地驶过天空，把光和热洒满人间的每一个角落。

十个太阳有值班表，每天都只有一个太阳在天空中当值。当太阳兄弟们都遵守秩序，按照排班表悬挂天空之时，天地之间，万物和谐，生长繁茂；人们的生活风调雨顺，幸福和睦。人与人之间非常友好，比邻而居，人们每天一起去田地里耕种，在太阳快要落山时才会回到家里，一起做饭，一起聊天，生活非常幸福。人与动物之间也很和睦，大自然维持着美妙的平衡。人们很感激太阳给世间带来了光和热，带来了温暖，带来了好收成，因此经常对着太阳磕头作揖。

日久天长，太阳兄弟们觉得越来越无聊。突然有一天，一个太阳提议：我们一起去天空中玩耍吧，那一定会很有趣的！这个提议得到了其他太阳的积极响应，因此，黎明时分，十个太阳全都乘坐太阳车，开始了当天巡游天空的工作。天上居然有十个太阳，这可不得了！地上的花草树木、飞禽走兽和人全都无法忍受这灼热的热浪。十个太阳就像十个正在熊熊燃烧的大火球。大地马上就要被烤

焦了，很多动物和人已经热死了。因为温度太高了，森林开始燃烧，把附近所有的庄稼、草木和房子都烧毁了。看到人间的惨状，神箭手羿决定拯救众生。他暗暗下定决心，要射掉九个太阳，只留下一个太阳。

羿翻越了九十九座高山，穿过了九十九片荒漠，历经千辛万苦，终于来到东海边。他攀登上东海边的一座大山，使出浑身的力气拉开了万斤弓弩，搭上千斤重的利箭。他瞄准天上正在散发出热量的太阳，“嗖”的一箭射出去，击落了第一个太阳。羿没有片刻停顿，马上又拉开弓弩，搭上利箭，毫不迟疑地射出去，这一箭，他居然射落了两个太阳。转眼之间，天上还剩下七个灼热的太阳。羿觉得七个太阳发出的光和热依然让人难以忍受，因而继续射出了第三箭。这一箭的力道更大，居然射落了四个太阳。见此情形，太阳们全都吓得不知所措，纷纷在原地转圈。趁此机会，羿两箭连发，又射下来两个太阳，总计射下来九个太阳。九个太阳中了羿的箭，他们的光和热急速减少，慢慢消失了。仅剩的那个太阳正准备逃跑，羿对他说：“别害怕，我不会伤害你。现在天上只剩下你一个了，以后你要继续为大地和万物贡献光和热。”

从此之后，唯一的太阳每天早晨从东方的海边升起，每天晚上再从西边的山上落下，任劳任怨地为人间提供光和热。世间万物恢复了生长，一派欣欣向荣。

人物介绍

羿：我国神话故事中的人物，嫦娥的丈夫，著名的射日英雄。

引经据典

《楚辞章句补注》：尧时，十日并出，草木焦枯。尧命羿仰射十日，中其九日，日中九乌皆死，堕其羽翼，故留其一日也。

嫦娥奔月

导语

羿为民除害后深受百姓的爱戴。昆仑山上的西王母送给了他一丸仙药，结果这药却被他的妻子嫦娥误食了……

羿射死了九个太阳，为老百姓除害，因此老百姓们都很敬重他。很多年轻人都来拜羿为师，跟随羿学习射箭。逢蒙是一个奸诈贪婪的人，也浑水摸鱼，跟随其他人一起投到羿门下。

嫦娥是羿的妻子，她不但特别美丽，还非常善良。每当看到周围有人生活穷苦，她就会拿出自家的东西接济他们，因而深受乡亲们的喜爱。昆仑山上的西王母听说了羿的英勇事迹，于是给他送来了一丸仙药。据说，普通人只要吃了这丸仙药，不但能够青春永驻，长生不老，而且能飞天成仙。然而，羿很爱嫦娥，不愿意离开嫦娥，所以叮嘱嫦娥把仙药藏在家里，千万不要被他人知道。

逢蒙不知道从哪里得知了这个消息，做梦都想得到它。八月十五清晨，羿带着众多弟子一起出门练习箭术。逢蒙假装生病了，留在家里。到了夜幕降临的时候，逢蒙闯入羿的家里，用宝剑威胁嫦娥交出仙药。善良的嫦娥想：逢蒙这么坏，如果吃了仙药长生不老，将来一定会祸害更多的人！因此，嫦娥没有交出仙药，而是想方设法地和他周旋，拖延时间。看到嫦娥不愿意交出仙药，逢蒙很着急，自己翻箱倒柜地寻找。眼看逢蒙就要打开藏着仙药的百宝箱了，嫦娥三步并作两步走上前去，抢先从百宝箱中拿出仙药，一口吞了下去。

嫦娥吃了仙药之后，感觉自己的身体越来越轻，最后居然飘起来。她从窗户飞了出去，又飞过了辽阔的原野，越飞越高。夜空碧蓝，悬挂着一轮皎洁的月亮，嫦娥飞向了月亮。

羿回到家里，没有看到嫦娥，到处寻找，可是哪里都找不到嫦娥的影子。羿绝望地仰望夜空，只见皓月当空，又圆又亮的月亮上树影婆娑（pó　suō），一只玉兔正在树下蹦跳呢。啊！还有一个人站在树下，朝着自己所在的方向深情地凝望，这不是嫦娥又是谁呢？“嫦娥！嫦娥！”羿大声呼喊，向着月亮奔跑。但是，每当他朝着月亮跑三步，月亮就会马上向后退三步。羿不管怎么努力，都追赶不上月亮。

得知嫦娥升天成仙了，乡亲们都很怀念她，自发准备了嫦娥爱吃的食物，摆放在院子里遥遥纪念嫦娥，祝福嫦娥。从此以后，每到八月十五，人们就会赏月，远远地看着嫦娥，期盼着嫦娥和羿能够团圆，也期盼着家人能够团圆。

人物介绍

嫦娥：我国神话故事中的仙女，神射手羿的妻子。她吃了羿从西王母那里得来的不死药，飞进了月宫。

引经据典

《初月记》：羿请不死之药于西王母，羿妻姮娥窃之奔月，托身于月，是为蟾蜍，而为月精。

逄蒙杀羿

导语

逄蒙是羿的弟子。羿倾囊相授，把自己的全部本领都传授给了逄蒙；逄蒙不仅不知感激，反而因为嫉妒而杀死了羿……

逄蒙最初想要拜羿为师时，羿告诉逄蒙："你想学习射箭，就必须练习不眨眼睛。你先去练好这项本领，再来找我。"听到羿的话，逄蒙回到家里就盯着妻子的织布机上不停跳动的梭子，始终瞪大眼睛，一眨都不眨。练习两年之后，哪怕有人拿着锥子去刺他的眼睛，逄蒙也绝对不会眨眼睛。直到这时，逄蒙才去找羿，把自己的进步告诉羿。

羿说："这只是练习射箭的第一步。接下来，你要学会盯着东西看，直到你能够把不显眼的东西看得特别显眼，把小东西看得硕大无比。你自己去练习吧，练好了再来找我。”回到家里，逢蒙从牦牛尾巴上拔下来一根长长的毛，然后抓住一只虱子，把它拴在长毛上，悬挂在家中南面的窗框上，每天都把眼睛瞪得大大的，盯着虱子看。十几天之后，逢蒙眼中的虱子不再是小得几乎看不见的，而是一天比一天更大。逢蒙就这样盯着虱子看了三年，他眼中的虱子居然和车轮差不多大。逢蒙高兴极了，赶紧去找羿，把自己的进步告诉羿。

羿得知逢蒙的进步这么大，终于点了点头，说：“现在，你可以学射箭了！”看到逢蒙如此勤奋刻苦，羿就把所有技艺都传授给了逢蒙。

逢蒙射箭的技术越来越高超，名气也越来越大。很多人说起射箭，都会说逢蒙与羿的射箭本领不相上下。羿为自己有逢蒙这样优秀的弟子而骄傲，但是逢蒙心胸狭隘，气量狭小，根本不希望老师的威名始终在他之上，或者与他齐平。

有一次，羿和逢蒙一起走路，天上突然飞来一群大雁。逢蒙想：这可是千载难逢的好机会，我正好可以在老师面前展示高超的箭法！想到这里，他连发三箭，射

中了三只大雁的头部。羿看到逄蒙的箭法这么高超，也兴致勃勃地取出三支箭，向着空中受惊的雁群射去。羿也射中了三只大雁，每一箭都射穿了大雁的眼睛。逄蒙恍然大悟：羿的箭法比他的高明得多，他即使非常努力，也无法超越。于是他妒火中烧，萌生了杀死羿的想法。

一天黄昏，羿打猎之后，骑着马回家。在路上，树林中突然闪过一个人影，"嗖"地朝着羿射出了一支暗箭。羿反应敏捷，赶紧拈弓搭箭，他仓促之中射出去的箭正好与暗箭相撞，暗箭坠落在地上。就这样，逄蒙在树林中连发九支暗箭，都被羿阻截了。

羿打猎之后只剩下九支箭，现在已经没有箭可以用了，但是逄蒙对着他的喉咙又搭上了一支箭。只见逄蒙的箭如同流星般快速飞来，这一次终于射中了羿，羿从马上跌落在地。

逄蒙以为羿死了，放松了警惕，缓缓地走过来。逄蒙刚刚走近，羿突然睁开眼睛，迅速地翻身坐起。逄蒙受到惊吓，魂飞魄散。

羿说："你跟我学了这么长时间箭术，却不知道'啮（niè）镞（zú）法'（用牙齿把箭头叼住）吗？我记得我教过你，你一定是忘记了！还是先回家学好，再来挑战我吧！”羿吐出箭镞，讽刺逢蒙。

“师父，我是在和您开玩笑呢，您千万别生我的气……”逢蒙吓得跪在羿的面前，苦苦哀求。

从此之后，逢蒙假装尊重羿，心中却更加嫉恨羿。羿看到逢蒙对自己毕恭毕敬，误以为逢蒙已经改过自新了，因此并不刻意提防逢蒙。有一次，羿带着逢蒙去森林里打猎，正当他聚精会神地射猎时，逢蒙突然举起藏在身上的桃木棍，重重击打羿的后脑勺。羿高大魁梧的身躯晃了晃，就如同一座大山一样倒在地上。羿为百姓造福，最后却死在了自己弟子的手中。

人物介绍

逢蒙：相传是羿的徒弟，他是一个善于射箭但品行不端的小人。

引经据典

《春秋左传正义》：逢蒙学射于羿，尽羿之道，思天下唯羿为愈己，于是杀羿。

参商二星

导语

帝喾的儿子阏（yān）伯和实沈时常吵闹不休，帝喾没有办法，只好让他们分管参星和商星，永世不复相见！

商星和参星，相传本是高辛氏帝喾的两个儿子。商星是帝喾的大儿子阏伯，参星则是帝喾的小儿子实沈。

阏伯因为是帝喾的长子，再加上天赋异禀，所以深受帝喾的器重。小儿子实沈因为富有才华，所以也深受父亲的喜爱。

然而实沈却恃才傲物，并不像其他兄弟那样尊重阏伯，反而常常对阏伯表现出不服气的样子。还很小的时候，阏伯和实沈只要见面，就互不相让，每次都因为一些不值一提的小事情而争吵不休，偶尔还会打架。就因为

两兄弟常常“龙虎斗”，所以家里没有片刻安宁。父亲帝喾夹在中间，既生气，又为难。

随着时光的推移，阏伯和实沈的关系没有因为年龄的增长而越来越好，反而越来越糟糕。他们住在同一个屋檐下，每天低头不见抬头见，所以吵架也就成了家常便饭。渐渐地，他们居然开始动刀动枪，展开殊死搏斗。在整个家里，没有任何人能够调停这对兄弟，更无法消除他们之间的矛盾。

作为父亲，帝喾烦恼不已。他最想看到的是儿子们守望相助、和睦相处的情形，却没想到这对兄弟之间的仇怨居然这么深。他不想看到两兄弟针锋相对，更不想看到他们终有一日无可挽回地互相伤害，在经过慎重的思考之后，做出了决定：既然两兄弟结怨已深，无法化解，就只能让他们分开，最好分得远远的，今生今世再也不见面，这样才能避免争吵和厮杀。

打定主意后，帝喾下诏：派阏伯往商丘去主管商星的运行；派实沈去大夏主管参星的运行。参和商在天空中恰好遥遥相对，一个升起，另一个就会落到地平线以下，他俩从此再也不能见面了。

就这样，两兄弟终于相安无事了。

人物介绍

参商：指参星和商星，相传是帝喾的两个儿子所化。参星在西，商星在东，二者在星空中此出彼没，彼出此没。

引经据典

《左传·昭公元年》：昔高辛氏有二子，伯曰阏伯，季曰实沈。居于旷林，不相能也。日寻干戈，以相征讨。后帝不臧，迁阏伯于商丘，主辰。商人是因，故辰为商星。

重明鸟

导语

尧在位的时候，有人进献了一只神奇的鸟，它的鸣叫声像凤凰的，它吃的是琼浆玉液，所到之处一片祥和，百姓们都很喜欢它。因为它的每个眼眶里都有两只眼珠，所以人们都叫它重明鸟。

尧在位第七十年的时候，祇（zhī）支国派遣特使带着一只奇异的鸟前来进贡。这只鸟的外形和鸡的很像，但是它的两只翅膀光秃秃的，羽毛都已经掉光了，所以看起来很怪异丑陋。尧宽宏大量，并不计较特使带来的鸟是丑陋的还是美丽的，而是按照接待外史的礼仪，盛情招待祇支国的特使。

在宴席间，特使告诉尧：“我给您带来的这只鸟看起来貌不惊人，实际上非常神奇。这只鸟的每个眼眶里都有两只眼珠，所以名叫重明鸟，也叫重睛鸟。它的体形看似不大，其实力气很大，可以和猛兽搏击。它的鸣叫声和凤凰的鸣叫声很像，可以驱散妖灾群恶，是世间罕见的灵鸟。正是因为如此，我们国君才派遣我千里迢迢把这只灵鸟献给您，请您收下吧。”尧说：“这只鸟在路途中一定吃了很多苦，翅膀上的羽毛都要掉光了，还怎么能与猛兽搏击呢？”

使者还没来得及回答呢，重明鸟仿佛听懂了尧的话，马上引吭长鸣，听起来就像凤凰在鸣叫；它还猛地扑扇起两只光秃秃的肉翅，居然身体悬空，绕着大殿飞了一大圈，后来又飞出大殿，在殿外一边飞一边发出凤鸣声。这时，受邀参加宴会的叔均看到重明鸟从大殿里飞了出去，情不自禁地喊道：“啊哟！飞走了！飞走了！”使者笑着说：“现在是飞走了，不过很快就会回来的。”果然，重明鸟并没有飞远，而是在附近一边飞一边鸣叫。很快，附近的凤凰和鸾鸟全都与它唱和起来，声势浩大。

不一会儿，重明鸟果然飞了回来。看到重明鸟的种种表现，尧明白重明鸟是真正的灵鸟。他问使者：“它的羽毛无论什么时候都是这样的吗？”使者回答：“不是。它的羽毛有的时候生长，有的时候掉落。此时正是它解翮（hé）的时候，所以才会这样。”尧又问：“它一般吃什么食物

呢？”使者回答：“它通常都在外面生存，我们不知道它吃什么食物。假如人工喂养它，一定要用琼浆玉液来喂它。”尧听完后，说：“重明鸟是灵鸟，和鸾凤无异，不能用笼子囚禁它，让它感到委屈；要给它自由，让它来去随意；而且如果要饲养它的话，必须用琼浆玉液，我也没有这么多琼浆玉液喂养它啊！”

大臣们都觉得尧说得对，因此他们把重明鸟放归山林，任它来去自由。放飞重明鸟的时候，侍卫们正站在台阶上，看到天空中成群结队的鸟儿快速地向北方飞去。经过打听，人们才知道这些都是鸱鸮（chī xiāo）之类的鸟儿，在听到重明鸟的鸣叫声之后仓促逃往了大漠。从此之后，重明鸟所在的地方，方圆数百里之内，再也看不到鸱鸮等恶鸟的影子了，真的非常神奇。

从此之后，重明鸟飞来飞去，在帝都方圆几百里之内生活，赶走了所有的豺狼虎豹。每当普通人家有晦气的事情发生，重明鸟就会现身，把所有的妖魔鬼怪都吓跑。因为重明鸟能让人逢凶化吉，渐渐地，人们都把重明鸟奉若神明，期待着重明鸟能够飞到自家的庭院里。

最早的时候，重明鸟每年都会在帝都住几日，然后飞走。随着时间的流逝，重明鸟来无影去无踪，居然几年都不来帝都一次。后来，每到岁末，人们就雕刻出或者画出重明鸟的样子，放在窗棂之上，期望它保佑自家平安。

人物介绍

重明鸟：重明鸟是我国古代神话传说中的神鸟。它的外形像鸡，鸣叫声像凤，每只眼睛中都有两个眼珠，所以叫作重明鸟。

引经据典

《拾遗记》：尧在位七十年……有祇支之国献重明之鸟，一名双睛，言双睛在目。状如鸡，鸣似凤。

虞舜孝行

导语

舜的父亲是个盲人，后母偏爱她自己的亲生儿子象，而弟弟象又是个品行恶劣的小人，他们几次三番想要谋害舜的性命，然而舜却依然善待他们……

舜是我国古代著名的部落联盟首领。舜出生前有一天夜里，他的父亲做了一个奇怪的梦。在梦中，一只身披华羽的凤凰衔着一粒谷种，特意喂到他的嘴里。很快，舜的母亲就怀孕了。后来，她生下来一个与众不同的孩子，就是舜。舜的每个眼眶里都有两只眼珠，人们全都啧啧称奇。

舜的父亲是个盲人，名叫瞽瞍（gǔ sǒu）。母亲生下舜后，不久就去世了。瞽瞍便又娶了个妻子，生了个儿子，名叫象。舜的后母偏爱亲生的象，并不喜欢舜，因而常常在瞽瞍面前说舜的坏话，挑唆瞽瞍虐待舜。

瞽瞍听信了谗言，派舜去历山开垦荒地，耕种农田。

历山怪石嶙峋，山坡上遍布石块，还长满了树根，因此很难耕种。舜来到历山，非常忧愁，不知道如何才能完成父亲交代的任务。舜愁容满面地看着历山，不知道该怎么办才好。这时，一只大象从山顶走下来，主动帮助舜耕地；天空中还飞来成群结队的鸟儿，原来它们都是来帮舜耕耘播种的。

看到舜并没有被难住，父母继续想方设法地刁难舜，很快又给舜出了个难题，即要求舜必须在很短的时间内堆起一个柴火垛。舜的父母和弟弟一起在下面负责递柴，舜独自站在柴火垛上负责堆柴。趁着舜不注意，弟弟象抽走梯子，后母点燃了柴堆，转眼之间，大火熊熊燃烧起来。舜急中生智，用双手紧紧地抓住大草帽，毫不迟疑地跳到地上。

还有一次，瞽瞍在象的挑唆下，让舜去掏井，看到舜下了井，父亲和弟弟一起把井填死。幸好娥皇和女英预见到这件事情，因而提前让舜穿好了龙衣。被埋

在井下之后，舜化作一条神龙，从另一口井里顺利逃生。相传，历山北面的舜井，总是充满了水，永远都不干涸，正是舜遇难之后化龙脱险的井。

舜的孝顺天下闻名。尧很喜欢舜，不仅把两个女儿都嫁给了舜，还让九个儿子和舜同吃同住，暗中观察舜的一言一行，考察舜的德行。九个儿子对舜进行了仔细观察，尧自己也对舜进行了考察，对舜非常满意，所以才放心地把王位让给了舜。

人物介绍

舜：传说中上古时期的帝王 。姚姓，名重华，号有虞氏，又称虞舜。年轻时以孝闻名。

引经据典

《二十四孝》：虞舜，瞽瞍之子。性至孝。父顽，母嚚，弟象傲。舜耕于历山，有象为之耕，鸟为之耘。其孝感如此。帝尧闻之，事以九男，妻以二女，遂以天下让焉。

湘水之神

导语

娥皇和女英是尧帝的女儿、舜帝的妻子。舜帝病逝在九嶷（yí）山后，娥皇和女英伤心不已，抱头痛哭，九嶷山上的竹子都变得泪迹斑斑的。最后她们跳进了湘江，化成了湘水女神。

舜在位时，九嶷山上有九座岩洞，每个岩洞里都住着一条恶龙。九条恶龙经常约好一起来到湘江玩乐，导致洪水肆虐，冲毁了庄稼，冲塌了房屋。

百姓没法过日子，全都满腹怨言。舜很关心百姓的疾苦。得知是九条恶龙在为非作歹，祸害百姓，舜寝食难安，迫不及待想要去南方帮助百姓惩治恶龙，消除水患。

舜有两个妃子，分别叫娥皇和女英。娥皇和女英尽管贵为帝妃，但她们和舜一样心系百姓的疾苦。得知舜要出远门，她们都依依不舍。但是，想到舜此行是为了消除湘江百姓的灾难和痛苦，她们强装欢颜送舜启程。

舜踏上了征程，娥皇和女英在家焦急地等待着，希望他早日凯旋。但是，年复一年，燕子来来去去，花开花落，舜却音信全无。娥皇和女英很担心舜，娥皇说："难道他被恶龙伤了，或者在他乡病了？"女英说："难道他路途中遇到危险或者迷路了吗？"她们思来想去，决定立即出发前去寻找。娥皇和女英历经千难万险终于来到九嶷山。她们沿着大紫荆河爬到山顶，又沿着小紫荆河下到山下，走遍了九嶷山的所有山村，踏遍了九嶷山的所有羊肠小道。终于，她们来到了三峰石前。三峰石就是耸立着的三块大石头，周围种满了青翠的竹子，中间还有一座用珍珠堆砌而成的坟墓。坟墓很高大，里面似乎埋葬着重要人物。娥皇和女英非常惊异，问路过的乡亲："这么壮观的坟墓里埋葬着谁？坟墓周围为何要立着三块险峻的大石头？”乡亲们热泪盈眶地回答：“这是舜的坟墓！当年，他不畏千里之遥，从北方来到这里，战胜了恶龙，让我们都过上了好日子，但是他却耗尽心力……”原来，舜积劳成疾，因病逝世，湘江的父老乡亲们修建了这座坟墓埋葬了他。九嶷山上生活着一群仙鹤，它们也被舜所感动，因而昼夜不停地从南海衔来珍珠，撒在舜的坟墓上。而这三块巨石，正是舜当年与恶龙搏斗时使用的三齿耙落到地上变成的。

娥皇和女英得知实情后，伤心欲绝，整整哭了九天九夜，最后跳进了滚滚的湘江中，成了湘水女神。她们的眼泪洒在九嶷山的竹子上，这里的竹竿上全都是斑驳的泪痕，被后人称为“湘妃竹”。

人物介绍

娥皇、女英：我国古代神话传说中尧帝的两个女儿，长曰娥皇，次曰女英。姐妹俩都嫁给舜帝为妻。

引经据典

《列女传》：有虞二妃者，帝尧之二女也。长娥皇，次女英。

鲧偷取土

导语

天庭里有一种神土，名叫息壤。鲧（gǔn）为了解除人间的水患，将息壤偷到了人间……

尧在位时，百姓很少向天帝祈祷，更不供奉天帝。为此，天帝勃然大怒，下令降下滔天洪水，用以惩罚世人。洪水肆虐，把庄稼、村庄、田野、树木全都淹没了，整个大地一片白茫茫。百姓们失去了家园，没有地方居住，只好睡在大树上；庄稼颗粒无收，他们没有东西果腹，只好吃树叶、树皮……不仅如此，洪水肆虐还导致瘟疫蔓延开来，百姓们更是苦不堪言。

相传，鲧是天帝的孙子。他身材魁梧，心地善良，但是脾气却很急躁，说起话来瓮声瓮气的。天帝看鲧口拙木讷，并不太喜欢他，只给安排了一份在天地间巡查的工作。

鲧看到人世间的惨状，可怜老百姓生活在水深火热之中，也觉得天帝对百姓的惩罚太过冷酷无情了。因此，他请求天帝开恩，消除洪灾。天帝高高在上，哪里愿意听鲧的话呢，因而厉声训斥道：“小孩子，你知道什么！”鲧脾气执拗，也惦念苍生的痛苦，并没有因为被祖父训斥就离开，而是继续请求：“您对百姓的惩罚已经足够了，现在，请您饶恕他们，结束洪灾吧！”

天帝很生气，对着鲧怒吼：“滚出去！”鲧看到祖父丝毫没有怜悯之心，因而决定亲自降临人间，治理水患，拯救百姓。但是，到底要怎么做，才能平息洪水呢？鲧绞尽脑汁，都没有想到有效的方法。

后来，鲧意外得知，天庭里的息壤特别神奇，只要一点点泥土，就能长成牢固的堤坝，可以阻挡洪水到处冲击。不过，天帝把息壤藏在一个非常隐蔽的地方，还派了天兵天将日夜守护息壤，要想得到息壤，简直比登天还难。

为了拯救百姓，勇敢刚毅的鲧丝毫不畏惧接受惩罚。在夜幕降临之际，乘着守卫的天兵不留神的时候，鲧偷了息壤，降临人间。鲧把息壤撒在洪水泛滥的大地上，息壤马上长成了又高又长的堤坝，阻拦了逞凶肆虐的洪水。洪水退了，人们从树上下来，踩在坚实、芳香的大地上，欢呼雀跃，忧愁尽消。没有了洪水肆虐，大地上很快就变得生机盎然。

然而，天帝很快就发现了鲧偷息壤的事，马上收回了息壤。堤坝消失，洪水排山倒海而来，毫无防备的人们又被洪水淹没，死伤无数。

因为鲧私自盗取了息壤，天帝一怒之下，派祝融把鲧杀死在了羽山。鲧死了，息壤也重回天庭，人间又是一片汪洋，接下来该怎么办呢?

人物介绍

鲧：我国上古神话传说中的人物，大禹的父亲，因为私盗息壤而被祝融杀死在了羽山。

引经据典

《山海经》：洪水滔天。鲧窃帝之息壤以堙洪水，不待帝命。帝令祝融杀鲧于羽郊。

大禹治水

导语

相传大禹是鲧的儿子，他继承了鲧的遗志，立志要平息洪水。治水期间，他三过家门而不入，终于用疏导法平息了水患。

相传，鲧死后，他的尸体一连三年都没有腐烂。后来，有人用吴刀剖开了鲧的肚子，大禹从鲧的肚子里诞生了，这时，鲧的尸体才变成黄龙，飞到天上去了。

大禹是鲧的儿子，他没有忘记鲧治理水患的志向，带领伯益、后稷（jì）等帮手，继续想方设法地治理水患。他们走遍了中原大地，风餐露宿，历经艰险，从不后悔。江河湖海，山川峡谷……很多人迹罕至的地方，都留下了大禹的足迹。大禹和父亲一样心怀善念，他看到百姓在洪水中苦苦挣扎，立志完成父亲的遗愿。

大禹右手拿着规和矩，左手拿着绳子，无论走到什么地方，都不忘记测量。他没有沿用父亲的堵截法治理洪水，而是决定反其道而行，采取疏导法疏通水道，就如同驯服猛兽一样驯服洪水，从而让洪水东流入海。每当发现某个地方需要治理，大禹就会号召和发动附近部落里的人开始施工。每当开始一项水利工程，他就和百姓们一起劳动，一起吃，一起住，片刻都没有离开过工地，夜以继日地辛苦工作。

大禹生活简朴，住在低矮的茅屋里，吃得还没有普通人好呢。他对自己节俭，但是对修建水利工程却非常慷慨大方。每当没有钱治理水患时，他就想方设法地筹措资金，保证工程能顺利进行。

大禹治水期间，曾经三次经过家门，都没有进去看一眼家人。

正是因为把所有精力都花在治水上，大禹对山川地理也了然于胸。他把中华大地根据地势划分为九个州，即冀州、青州、兖（yǎn）州、徐州、梁州、扬州、豫州、雍州、荆州。他始终把九个州作为一个整体来看，因此坚持先治理九州的土地，疏通应该疏通的一切地方，平整应该平整的一切地方，这样一来，很多原本贫瘠的土地都变成了肥沃的土地。

接着，他开始治理山。他治理了岐山、荆山、太行山、雷首山、太华山等。大禹治山的目的同样是为了疏通水道，只有山上的水路通了，水才能不受阻碍地往下流去，水路才能保持畅通。治理好山之后，他又开始梳理水脉。在长江

以北，大多数河流两岸都留下了大禹治理的痕迹。

大禹用了整整十三年的时间才治理好水患。看着昔日咆哮的河水变得驯服，看着昔日被水淹没的山陵露出了山峰，看着曾经一片荒芜的农田变成了良田，看着人民走出山洞、爬下大树又过上了筑室而居的幸福生活，大禹才真正放心。人们为了纪念大禹，尊称大禹为“禹神”，还为大禹修庙筑殿，并且把整个中国称为“禹域”。顾名思义，“禹域”就是大禹治理过水患的地方。

人物介绍

大禹：相传是鲧的儿子。他最卓著的功绩，就是历来被传颂的治理滔天洪水，后来又划定了九州。

引经据典

《庄子》：昔者禹之湮洪水、决江河而通四夷九州也。

涂山氏之女

导语

大禹年轻的时候，娶了涂山氏的女子为妻。有一次，大禹为了打通轩辕山，化成了一头大黑熊。涂山氏看到后，又惊又羞，化成了一块石头。

相传大禹三十岁的时候，有一次路过涂山，对偶遇的涂山氏女子一见钟情。大禹身材魁梧，面貌英俊；涂山氏女子容貌秀美，窈窕端庄。他们是天造地设的一对，因此很快便结婚了。

新婚之后第四天，大禹惦记着治理水患，因而辞别了新婚妻子涂山氏，急急忙忙地赶去南方，继续治理水患。治水期间，大禹曾经三次经过家门口，却强忍着对家人的思念，没有

回家去看望家人。涂山氏思念大禹，郁郁成疾，因此去了大禹当时安营扎寨的地方，并且留在营地里照顾大禹。

涂山氏与大禹非常恩爱，虽然她已怀有身孕，但她每天都早早地做好了饭菜，送给大禹吃。有一次，大禹治理洪水，想要打通轩辕山。离开家时，大禹嘱咐涂山氏说：“你听到鼓声，再给我送饭。”

到了工地上，大禹把自己变作一头熊，用嘴拱，用掌扒，奋不顾身地开山造河。不料，他一脚踩在一块石头上，石头跳起来，正好撞在他身边悬着的鼓上，发出“咚”的响声。涂山氏听见鼓声，急忙提起饭篮子给丈夫送饭。到了山上，她没看到大禹，反而看到了一头巨大的黑熊在地上又是拱，又是扒。涂山氏又是羞愧，又是害怕，扔下饭篮子，仓皇而逃。

大禹一心只顾开山，他忘记了自己已经化身为熊，看到妻子逃走，觉得十分纳闷，于是就在后面紧跟着追上去。涂山氏回头看见一头大熊追了上来，不敢停留，跑得更快了。她跑啊跑啊，一直跑到了嵩山脚下。这个时候，涂山氏气喘吁吁，精疲力竭，再也跑不动了。还没等大禹开口，涂山氏霎时变成了一块大石头。

大禹这个时候又急又气，就对石头喊道："还我儿子！还我儿子！"他的喊声刚落，就见那石头朝北的一面裂开了，从里面生出个儿子来，名字叫启，启就是裂开的意思。

从石头里出生的启果然不平凡，他后来做了夏朝开国的国君。

人物介绍

涂山氏：名娇，相传是大禹的妻子，启的母亲。

引经据典

《水经注疏》：禹娶涂山氏，治鸿水，通轘山，化为熊。涂山氏见之，惭而去，至嵩高山下，化为石。

诛除相柳

导语

相柳是共工的部下，非常凶恶。相传他长着蛇的身体，有九个脑袋，嘴里不停地吐着毒液，毒液形成臭气冲天的沼泽。就连他的血液也极具杀伤力，流过的地方寸草不生。

相柳，也叫相繇（yáo），是传说中的凶神，相传他是共工的部下。

相柳并不是人，而是长着蛇的身体，还有九个头。他的头有多大呢？九个头可以吞下九座山头！想一想，这有多么可怕吧！它的九张嘴都在不停地吐着毒液，毒液气味腥臭难闻，居然形成了臭气冲天的沼泽。不管是飞禽还是走兽，只要路过这沼泽，闻到沼泽散发出的恶臭味道，就会被臭味熏死。因此无论是天上的飞禽，还是地上的野兽，只要遇到这个沼泽，都无一能够存活。不仅如此，相柳还喜欢行凶作恶，他一直跟随共工，帮着共工发洪水，使得天下百姓流离失所，苦不堪言。

共工死后，相柳丝毫不知道收敛，而是继续兴风作浪，为非作歹。他每到一处，就会吃掉江河堤坝，这样一来，被江河堤坝所拦截的洪水就会突然涌出，淹没大地，老百姓四处逃难，只留下白茫茫的一片洪水。大禹看到自己辛辛苦苦修建的堤坝都被相柳毁坏了，治理水患取得的成就眼看就要毁于一旦，心里十分着急，决定使用武力对付相柳。最后，大禹得到了应龙的帮助，拼尽全力，把作恶多端的相柳杀死了。

相柳的血液也腥臭无比，凡是被他的血液浸染的土地，都寸草不生，一片荒芜。临死时，相柳还流出了很多恶臭的口水，口水所到之处变成了巨大的沼泽，周围不能长出任何庄稼；相柳曾经居住的地方，更是臭气冲天，百姓们根本无法在附近生活。

大禹带领手下运来很多土，试图把这些沼泽填平，但是接连填了三次，都发生了塌陷。无奈之下，大禹只好顺势而为，把相柳存身的最大的沼泽挖掘成一个很大的池塘，并且在池塘边修建了几座高高的亭台，用来祭祀诸神。

人物介绍

相柳：我国神话传说中的凶神，共工的部下，蛇身，九头，食人无数，所到之处，尽成泽国。

引经据典

《山海经·大荒北经》：共工之臣名曰相繇，九首蛇身，自环，食于九山。其所歍所尼，即为源泽，不辛乃苦，百兽莫能处。禹湮洪水，杀相繇，其血腥臭，不可生谷，其地多水，不可居也。禹湮之，三仞三沮，乃以为池，群帝因是以为台。在昆仑之北。

巨人防风氏

导语

防风部落是我国神话传说中的巨人族，在大禹治水的时候立下了汗马功劳。水患平息后，大禹召集天下群神在会稽山开大会，然而防风部落的首领防风氏却迟到了，大禹勃然大怒……

相传大禹年老的时候，召集了天下群神在会稽山上举行大会。去朝见大禹的人手里都拿着玉帛，仪式十分隆重。然而庆功大会开了整整三天，却一直没有看到防风氏的影踪。直到庆功会快结束时，防风氏这才气喘吁吁地赶到会稽山。大禹对防风氏的迟到格外恼火，不顾防风氏的辩解，盛怒之下，下令把防风氏斩了。他想要杀一儆百，显示一下自己的威势。

防风氏是南方的巨人族防

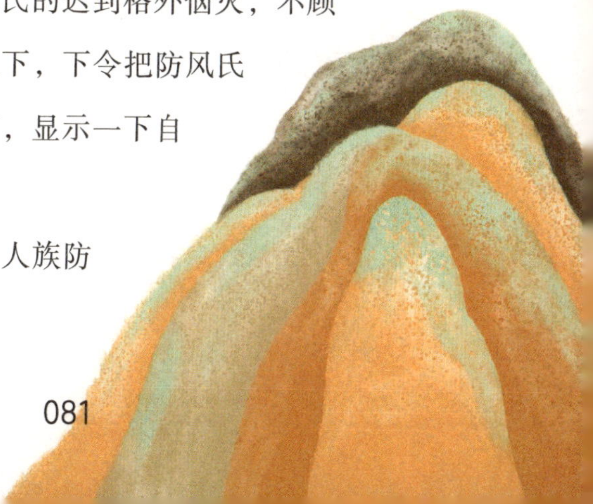

风部落的首领，身材魁梧，至少有三丈三尺高。防风氏的身材如此高大，刽子手根本无法用刀斧杀死他。为了立即处死防风氏，大禹只好召集附近的百姓，以最快的速度筑起高高的塘坝。行刑时，大禹让防风氏站在塘坝底下，刽子手则站在高高的塘坝上面。这些刽子手全都力大无比，手中拿着最锋利的刀，然而他们费尽九牛二虎之力，才砍下防风氏的脑袋。这段专门用来行刑的塘坝，被后人称为“刑塘”。

谁知，防风氏的头颅落地后，居然没有鲜血流出。大家惊得目瞪口呆。大禹十分震惊，决定派人到防风部落去察访实情。几天后，察访的人回来报告大禹说，防风氏赴会途中，由于天目山“出蛟”，苕溪“泛洪”，防风氏指挥部下打捞落水的百姓，忙得饭也没顾得上吃，所以才耽误了会期。

大禹听了十分懊恼，想到防风氏带领族人疏导千河百港流归太湖；又在防风部落领地内疏通了湘溪、英溪、阜溪、塘泾河，开凿了下渚湖通往东苕溪的河道；还跟随自己风里来雨里去，帮自己立下了治水大功。大禹越想越自责不已，不知不觉淌下了泪水。

后来，大禹就下令敕封防风氏为防风王，令防风部落建造防风祠，供奉防风王神像，让官员和百姓每年都去祭祀他。

人物介绍

防风氏：防风部落的首领，身材高大，有三丈三尺高。相传他辅佐大禹治水有功，因此被封作了诸侯。

引经据典

《国语》：昔禹致群神于会稽之山，防风氏后至，禹杀而戮之。

皋陶造狱

导语

相传皋陶（gāo yáo）是我国的司法鼻祖，据说他还有一只神兽，名叫獬豸（xiè zhì）。这獬豸十分神奇，天生就有分辨曲直、确认罪犯的本领。

皋陶是我国神话中至关重要的人物，相传他创刑造狱，倡导明刑弼教以化万民，为我国各个时期制定、完善、充实法律制度奠定了基础。那么，皋陶究竟是如何造狱的呢？

皋陶主张：一个人犯罪，不应该牵连到后世的子子孙孙；一个人立功得到奖赏，也不能留传给后世的子子孙孙；对于过失犯罪的，应该从宽处理；对于故意犯罪者，则应该从严从重处理，绝不姑息；对于犯罪事实不清楚的，处断一定要从轻。皋陶的这些惩罚措施，既有恩情，也有威严，即使放在今天，也是极具参考价值的。

相传皋陶有一只神兽，名叫獬豸。它长得有点像山羊，但是只有一只角。据说獬豸有分辨曲直、确认罪犯的本领。每当遇到难以决断的案件，皋陶就会把这只神兽放出来。如果那人有罪，獬豸就会顶触他。獬豸顶了谁，谁就会输掉官司，接受惩罚。

因为有皋陶的辅佐，禹才能把国家治理好，让百姓过上幸福的生活。禹很欣赏皋陶的品德和才华，决定选皋陶为王位的继承人。遗憾的是，皋陶为了国家政务日夜操劳，积劳成疾，很早就去世了。

皋陶治狱，为天下做出了贡献，对于人类的发展功不可没。自古以来，所有监狱都把皋陶奉为狱神，人们还为皋陶塑造雕像，建造寺庙祭祀皋陶。

人物介绍

皋陶：相传是我国上古时期东夷部落首领，因为长期掌管刑法，被后世尊为“中国司法始祖”。

引经据典

《论衡》：一角之羊也，性知有罪。皋陶治狱，其罪疑者，令羊触之，有罪则触，无罪则不触。

伯益调驯百兽

导语

洪水退去后，大地上禽兽横行，百姓们仍然生活在水深火热之中，舜帝为此日夜忧愁。这时候，有人向他推荐了伯益……

伯益也叫伯翳（yì），或者柏翳。相传颛顼有个漂亮的孙女，名叫女修。有一天，阳光明媚，女修正在窗前织

布，一只燕子突然飞落在她的身边，留下了一个蛋。女修捡起了蛋，拿在手里把玩，没想到一不小心竟然把蛋吞进肚子里去了。女修吞下燕子蛋后，就有了身孕，生下了儿子大业。

大业长大后，与少典部落的女子女华结婚。婚后，女华生下了儿子伯益。伯益有一种特殊的本领，就是熟悉各种飞禽走兽的脾气秉性，懂得各种禽兽的语言，还能够模仿百鸟的鸣叫声。

伯益长大后，先是跟着大禹去治理洪水。治水虽然成功了，可是大地上草木茂盛，还有禽兽横行，糟蹋庄稼，伤害人民。舜为此日夜忧愁，想物色个人去驯服鸟兽。

一天，舜征求大家的意见：“谁能去管理山泽的草木和鸟兽呢？”周围的人都说：“伯益就行啊，叫他去吧！”舜听从了大家的建议，回过头来跟伯益说：“好呀，伯益呀，你就去做管山泽的官吧！”没想到伯益却很谦虚地向舜叩拜，要求舜把官职赐给豹、虎、熊、罴（pí）四个同僚。舜就说：“好了，去吧，你带着他们一起去，叫他们辅佐你吧。”于是伯益来到山泽，调驯鸟兽，大多数的鸟兽都被他驯服了。

此后，舜对伯益更是信任和器重，于是把自己美丽的小女儿姚氏嫁给了他，并且封伯益于费，所以伯益又叫大费或者费侯。

人物介绍

伯益：相传是玄鸟族的后代，驯服了鸟兽，被封为费侯。

引经据典

《史记》：大费拜受，佐舜调驯鸟兽，鸟兽多驯服，是为柏翳。

金睛无支祁

导语

相传淮水的水神名叫无支祁，他长相非常丑陋，但是非常聪明，更重要的是他和共工一样有野心，也想称王称霸呢！

相传，无支祁是居住在淮水的水神，是一只由天地间的混沌之气孕育而生的巨猿。他长得缩鼻高额、青躯白首、金目雪牙；脖子一伸，好像有一百尺长；力气比九头象的还大。无论是搏击跳跃，还是快速奔跑，他都非常敏捷，常常是眨眼之间就看不见了。无支祁虽然长相非常丑陋，可是十分聪明，他能言善辩，知道淮河各处的深浅，以及地势的高低远近。

无支祁和水神共工一样有着极大的野心，他也想打败大禹，当帝王呢！大禹在淮河一带治水时，无支祁便兴风作浪，使得洪水肆虐。大禹拼尽全力，也没有打败无支祁。眼看着水患越来越严重，这可怎么办呢？

无奈之下，大禹并不认输，而是搬来了救兵——上古龙神应龙。没想到，无支祁根本不害怕应龙，而是不顾死活地与应龙展开了激战。这场激战惊天动地，整整打了一天一夜。最后，应龙更胜一筹。无支祁消耗掉了所有的体力，精疲力竭，被活捉了。

无支祁被应龙打败后，大禹命人用大铁链锁住无支祁的脖子，又在他的鼻孔上穿上铜铃铛，然后把他压在淮河南边的军山脚下，从此以后他再也不能胡作非为了。然而应龙也因为在这场大战中耗费了太多的法力，再也没有办法登上天庭了。

人物介绍

无支祁：我国神话中的水怪。他的外形像猿猴，塌鼻子，凸额头，白头青身，火眼金睛。

引经据典

《山海经》：水兽好为害，禹锁于军山之下，其名曰无支奇（无支祁）。

孔甲养龙

导语 相传孔甲是夏朝的一个暴君，他在位的时候，有一天天降双龙，孔甲决定让人把它们养起来……

孔甲，是夏朝的皇帝。他是一个残暴的君主，在位期间，淫乱无度，终日沉湎于吃喝玩乐，而且特别信奉鬼神。看到孔甲不值得追随，各个部落首领都产生了叛逆之心，纷纷离开了孔甲。如此一来，夏朝的国力一落千丈，眼看着就要灭亡了。

孔甲不仅沉迷酒色，无心朝政，还有一个特别的爱好，就是养龙。有一天，天空中飞来一雌一雄两条龙，正好落在朝门外。有人赶紧把这个消息告诉了孔甲，因此孔甲问大臣们：“天降二龙，这代表着凶兆还是吉兆呢？”左部有个大臣叫蔡史，给孔甲上奏：“天降二龙不升，这是大大的好兆头啊！陛下可以下旨，让会养龙的人负责饲养，等着神龙自己升天。”孔甲觉得有道理，马上下旨寻找会饲养龙的人。

相传，陶唐氏有个后代叫刘累，曾经跟随豢龙氏学习驯龙。孔甲于是赶紧下诏让刘累进宫。刘累是个尽职尽责的饲养员，特别有耐心，把龙喂养得身强体壮。孔甲看到龙精神抖擞的样子很开心，封刘累为“御龙氏”。尽管刘累专门学过如何养龙，但是龙是神物，非常难养，有一天，刘累去喂龙时，惊讶地发现那条雌龙死了。刘累惊恐不已，担心自己因此而丢掉性命，思来想去，他偷偷地把雌龙剁成肉酱，煮给孔甲吃掉。孔甲吃了龙肉，因为觉得味道鲜美而赞不绝口，念念不忘。没过几天，孔甲又要求吃美味的龙肉。刘累可不敢把活着的那条雄龙杀给孔甲吃啊，他害怕极了，连夜逃跑，一直逃到鲁县。

孔甲得知后，盛怒不已，命令三百名武士去养龙池捉龙。武士接到圣旨火速赶到养龙池，把池子里的水全都放了。正当武士们准备下池子徒手捉龙时，神龙翻身一摇，居然把三百名武士全都卷入池底。转眼之间，天昏地暗，暴雨如注，神龙马上腾云升天。三百名武士呢？就这样一命呜呼了。而且整个帝都，在整整三天时间里，电闪雷鸣，大雨滂沱，所有的土地都被大雨淹没。

大臣把三百名武士都死在养龙池的消息告诉了孔甲，孔甲受到惊吓，一病不起，很快就死了。

人物介绍

孔甲：夏朝第十四任君主，在位期间，信奉鬼神，沉湎歌舞，是一个胡作非为的残暴昏君。

引经据典

《史记·夏本纪》：天降龙二，有雌雄，孔甲不能食，未得豢龙氏。陶唐既衰，其后有刘累，学扰龙于豢龙氏，以事孔甲。孔甲赐之姓曰御龙氏，受豕韦之后。龙一雌死，以食夏后。夏后使求，惧而迁去。

玄鸟生契

导语

简狄是有娀氏部落有名的美女，有一天她不小心吞下了一枚鸟蛋，过了不久生下一个儿子，取名叫契（xiè）。这个契来头可不小，他是商王朝的始祖呢！

上古时代，神族有一只神鸟，名叫玄鸟。有一天，玄鸟振翅高飞，飞到了玄丘。此时此刻，有娀氏部落的美女简狄正与妹妹在玄丘之水中沐浴呢，她们不认识玄鸟，误以为玄鸟是普通的燕子，便高兴地用玉筐盖住玄鸟。过了很久，她们才打开玉筐，这时玄鸟马上飞向高空，消失在她们的视野之外。

简狄看到“燕子”飞走了，很伤心。等她低下头看向玉筐时，惊喜地发现玉筐里居然有一枚鸟蛋。鸟蛋五颜六色，非常漂亮。简狄与妹妹都争抢着想要得到这枚鸟蛋。正在争执不休之际，简狄一着急，把鸟蛋吞进了肚子里。

很快，简狄发现自己怀孕了。十个月后，简狄生下了一个孩子，取名叫契。

契长大之后，不遗余力地帮助大禹治水，因而得到了舜的奖赏，被封为司徒，受封于商邑。契天资聪颖，品德高尚，正直仁义，而且有着一颗仁爱之心，特别爱护百姓。因此，商部落开始渐渐发展壮大起来。

原始社会生产力极端低下，对于自然界里的很多奇异现象，人类无法理解，由此而陷入了恐慌之中。在对自然的敬畏和恐惧中，他们相信一定有某种拥有神奇力量的神仙或者动物正在掌管着天地，因此他们对这种神奇力量顶礼膜拜，渐渐形成了图腾崇拜。商部落的人全都相信“玄鸟生契”的故事，因此便把玄鸟当成了自己所膜拜的图腾。

玄鸟到底长得什么样子呢？根据古籍记载，玄鸟的形象与燕子的很像；但是随着氏族部落的发展和融合，在人

们的加工之下，玄鸟演变成了凤凰，不但有鸡冠、鹤足，还有像孔雀一样华丽的尾巴呢！

人物介绍

契：相传是帝喾和简狄的儿子，后来被封到了商邑，是商王朝的始祖。

引经据典

《列女传》：契母简狄者，有娀氏之长也，当尧之时，与其娣浴于玄丘之水。有玄鸟衔卵过坠之，五色甚好，简狄与其妹娣竞往取之，简狄得而含之，误而吞之，遂生契焉。

姜嫄生稷

导语

周王朝始祖后稷的出生，更为离奇。相传后稷的母亲姜嫄（yuán）外出的时候，不小心踩到了巨人的足迹，不久便生下了后稷……

后稷，名叫弃，是周代姬氏的始祖。尧在位时，后稷的母亲姜嫄，是有邰（tái）氏的女儿，嫁给了高辛氏帝喾，是帝喾的元妃。

有一次，姜嫄在外出的时候，不小心踩到了巨人的足迹。回家之后没多久，姜嫄发现自己的肚子日渐隆起，知道自己怀孕了，她感到很害怕。随着时间的流逝，姜嫄的肚子越来越大，虽然她心中非常厌恶，但最终，孩子还是出生了。

姜嫄不想抚养这个来路不明的孩子，因而把孩子扔到巷子中，任其自生自灭。然而，牛羊在经过巷子的时候，都远远地躲开孩子，好像生怕踩踏到他。听到孩子日夜啼哭，姜嫄无奈抱起孩子，把孩子丢弃到更远的山林里。在山林里伐树木的樵夫看到孩子，为孩子铺上褥子、盖上被子，孩子这才停止哭泣。姜嫄实在没有办法，又把孩子丢弃在寒冰上。天空中突然飞来一只大鸟，大鸟张开丰满的羽翼，盖住孩子，这样一来，孩子就不会因为身卧寒冰而被冻死了。看到这种种怪异的景象，姜嫄震惊不已，最终决定把孩子抱回家中抚养，并且为孩子起名叫弃。

姜嫄做事情专心致志，而且性格沉稳，喜欢安静，还很勤劳，最喜欢在田地里做农活。弃渐渐长大，姜嫄每次做农活都带着弃，还教弃认识各种农作物，学习种植树木和桑麻。弃天资聪颖，为人仁义。也许是因为受到姜嫄的影响，他也特别喜欢干农活，而且很擅长干农活。渐渐地，弃的名气越来越大。弃特别聪明，能够做到举一反三，他擅长观察不同的土质，再根据土质的特点播种各种农作物，因而常常都能获得好收成。很多百姓都学习弃，在不同的地里种植不同的农作物，果然获得大丰收。

尧知道弃有这个特长，于是让弃担任稷官（专管农事的官员），并且把邰地封赏给了弃，所以弃又号后稷。

尧死后，他的继承者舜也很器重弃。舜对弃说："弃，你身为稷官，一定要带领百姓按时播种百谷，这样百姓才不会忍饥挨饿。"从这时开始，一直到周文王、周武王统治天下，后稷的子子孙孙都当农事之官。

人物介绍

后稷：名弃，禹最倚重的三公之一，周王朝的始祖，相传是帝喾的嫡子，他的母亲是帝喾的元妃姜嫄。

引经据典

《史记·周本纪》：周后稷，名弃。其母有邰氏女，曰姜嫄。姜嫄为帝喾元妃。姜嫄出野，见巨人迹，心忻然说，欲践之，践之而身动如孕者。

伊尹生空桑

导语

有一天，有莘（shēn）氏的一个姑娘去桑园里采桑叶，居然在一株空心的老桑树里发现了一个男孩，这个男孩就是后来大名鼎鼎的伊尹……

古时，东方有个小国，叫有莘氏。

有一天，一个姑娘去树林里采集桑叶，突然听到有个地方传来婴儿的啼哭声。姑娘心生好奇，循声找去，最后在一株空心的老桑树里找到了一个皮肤白皙娇嫩的小男

孩。姑娘脱下外套，小心翼翼地包裹好小男孩，把他带到王宫，献给国王。

国王把小男孩交给御膳房的厨子抚养，并且派人去调查小男孩究竟是何来历。很快，调查的人查清楚小男孩的来历，速速回到王宫禀告国王。

原来，小男孩的母亲住在伊水之滨，她怀孕时梦见了女神。女神告诉她："你如果看到家里的石臼（jiù）出水，就马上头也不回地跑向东方。"次日早晨，她看到家里的石臼真的出水了，于是立刻告诉周围的邻居马上就要发生灾祸，让他们也赶紧出门避灾。随后，她一口气向东跑了十几里路，始终没回头。当她跑到一片桑树林，因为牵挂着家园和邻居们，终于忍不住回头看了一眼。她看到身后一片白茫茫的洪水，土地和家园都已经被洪水淹没了，滔天巨浪排山倒海，正向她扑过来。她惊呆了，就那样站在原地，一动也不动，根本不知道应该怎么办。渐渐地，她变成了一株空心的桑树，在肆虐的洪流中傲然挺立着。而她的儿子，在桑树的腹中不停地生长着。等到很多天后，洪水终于退去了，大地又焕发出勃勃生机，这棵桑树也长出了鲜嫩翠绿的叶子。采桑的姑娘来到桑林里，就在空心桑树的腹中发现了小男孩。

因为小男孩的母亲之前住在伊水的岸边，小男孩长大成人之后又当了“尹”官，所以人们就称呼他为“伊尹”。

人物介绍

伊尹：夏末商初的政治家、思想家，商朝的开国元勋，相传精通厨艺，被誉为“烹调之圣”。

引经据典

《吕氏春秋》：明日，视臼出水，告其邻，东走十里而顾，其邑尽为水，身因化为空桑，故命之曰伊尹。

周穆王西游

导语

周穆王非常喜欢周游天下。一天，他命人驾起了八匹神驹，乘车出发了。他一路向西，一直游历到了西王母居住的地方，成了西王母的贵宾……

周朝时期，天子周穆王特别喜欢四处巡游。

一年，有个人从遥远的西方来到周朝，他擅长变戏法，被称为“化人”。化人本领高强，即使跳到火里，也能保全自己，毫发无伤。他还能跳上高高的云端，随意地穿过墙壁。周穆王被化人的各种本领惊呆了，以为化人是天神下凡，因此不管化人说什么话他都言听计从，不管化人有什么需要他都无条件满足。

有一天，化人邀请周穆王去他家做客。周穆王拉着化人的衣袖，跟随化人一起飞到空中，踩在云朵上，很快就来到了化人的宫殿。周穆王大吃一惊，因为化人的宫殿到处都镶嵌着黄金、宝石、珍珠、美玉，庄严肃穆，金碧辉煌。周穆王在宫殿里看到的东西、听到的声音、吃到的食物，都是人间所没有的。

周穆王正陶醉其中，突然像是被谁推了一把，猛地从半空中坠落，仿佛做了一场美梦。他发现自己正端坐在大殿上，周围的一切都没有什么改变。周穆王奇怪地问侍从：“刚才，我去了哪里？”侍从回答：“您哪里都没有去，只是小憩（qì）了片刻。”这时，坐在周穆王身边的化人说：“我和您只是神游，无须挪动身体啊！”周穆王觉得神游太美妙了，游兴大发，还想真正去各地游玩呢！于是，周穆王坐上了由八匹骏马驾着的马车，开始周游天下。

周穆王的八匹骏马可不是普通的马，而是大名鼎鼎的御者造父从夸父山上找到的野马，经过精心驯养之后，才被献给周穆王。周穆王的祖父当年平定天下之后，把战马散放在夸父山上，让它们自由生活。因此，这些野马都是战马的后代，既有祖先的英武之气，又充满着野性和不羁。造父不但擅长驾车，还很擅长养马。他亲自驯养了这

八匹骏马，有的骏马奔跑起来四蹄腾空，有的骏马奔跑起来比飞鸟更快，有的骏马即使在夜间也能奔袭千里，有的骏马长着翅膀……总而言之，每一匹马都与众不同。造父把这八匹骏马献给周穆王，周穆王命人把这八匹骏马养在东海岛的龙川一带。龙川一带生长着一种叫龙刍（chú）的草，相传“一株龙刍化为龙驹”，意思是如果马能以龙刍为食物，就会更加神武。

周穆王让造父亲自为他驾驶马车，从北方一直游历到了西方：在阳纡（yū）山拜访了水神河伯；在休与山拜访了性情平和、心地善良的帝台；在昆仑山亲自去了黄帝的宫殿；在赤乌族，赤乌人还把美女献给了他呢；在黑水，他得到了长臂国人的盛情款待，慷慨地赏赐了长臂国人……最后，他来到了大地的西极——崦嵫（yān zī）山，见到了西王母。

甲子日是个好日子，周穆王选择在甲子日这天，拿着白色的圭（guī）、黑色的璧和五彩的丝带献给西王母。甲子日的次日是乙丑日，也是吉日。周穆王借用西王母的瑶池，设下了丰盛的筵宴，款待西王母。西王母兴之所至，居然在酒席筵前唱了一支无须乐器伴奏的歌曲。

宴会结束后，周穆王驾驶马车登上崦嵫山的山顶，命人在山上树立起一块大石碑，在石碑上记载他与西王母见面的事情，题额：西王母之山。他命人在石碑两旁种了几棵槐树，并且亲自种了一棵象征着他和西王母的友谊的槐树。临别之际，西王母对周穆王也依依不舍，还作诗一首表示惜别之情。周穆王告别西王母，从崦嵫山直接回到自己的国家。

遨游天下之后，周穆王了无遗憾，心胸开阔，一直活到一百零五岁才寿终正寝。

人物介绍

周穆王：姬姓，名满，又称“穆天子”，相传是西周在位时间最长的君主。

引经据典

《列子》：命驾八骏之乘，右服骅骝而左绿耳，右骖赤骥而左白。

中国神话故事

竹马书坊 编著

下

古吴轩出版社

图书在版编目（CIP）数据

中国神话故事. 下 / 竹马书坊编著. -- 苏州 : 古吴轩出版社，2021.3
ISBN 978-7-5546-1660-4

Ⅰ. ①中… Ⅱ. ①竹… Ⅲ. ①神话－作品集－中国 Ⅳ. ①I277.5

中国版本图书馆CIP数据核字（2020）第239312号

责任编辑： 蒋丽华
见习编辑： 黄菲菲　张雨蕊
策　　划： 村　上　呼　怡
插画绘制： 秦　婷
装帧设计： 侯茗轩

书　　名： **中国神话故事（下）**
编 著 者： 竹马书坊
出版发行： 古吴轩出版社
地址：苏州市八达街118号苏州新闻大厦30F　　邮编：215123
电话：0512-65233679　　传真：0512-65220750
出 版 人： 尹剑峰
印　　刷： 唐山富达印务有限公司
开　　本： 880×1230　1/32
印　　张： 10.5
字　　数： 166千字
版　　次： 2021年3月第1版　第1次印刷
书　　号： ISBN 978-7-5546-1660-4
定　　价： 98.00元（全三册）

前言

闻一多先生曾经说过："神话是一个民族最早的传统思想文化体现。" 由此可见，神话作为民族文化的源头，作为解读一个民族的密码，值得每个孩子去阅读。

中国神话故事是我国历史的开端，是我们民族的童年印记，是我们的祖先经过长期的社会实践，在劳动生活中创造出来的一种文学样式。盘古开天地、女娲造人、共工怒触不周山、夸父逐日、嫦娥奔月、哪吒闹海等一个个耳熟能详的神话故事，恰恰是我们的祖先对于天地宇宙、人类起源、自然万物、生命探索、部族战争、劳动生活等一切不理解的事物的最为稚拙的幻想，天马行空，无不闪烁着想象的光芒。

当时人类的智慧刚刚萌芽，对一些自然现象根本没有办法解释，因此只能根据自己狭隘的生活体验进行想象。比如，他们不明白世间为什么会有天地之分，会有风雨雷电，因此便想象出了盘古开天辟地的神话；不明白万事万物的由来，于是便想象出了创世女神女娲；不明白为何会出现日月西行、江河东去的现

象，于是便想象出了共工撞断了不周山，“天柱折，地维绝”，从此“天倾西北，故日月星辰移焉；地不满东南，故水潦尘埃归焉”。这一个个闪烁着想象之光的神话，反映了人们对美好生活的向往和追求，它们的神奇瑰丽，散发着无穷的艺术魅力。

然而，和希腊神话不同，中国神话不成体系，只是零散地分布在一些典籍之中。对此，我们编排的这套《中国神话故事》，对神话中错综复杂的人物关系进行了梳理，精心选取了近百篇可读性强的神话，用生动有趣、轻松简洁的文字，为孩子们讲述精彩纷呈的神话故事。每个故事篇首设置“导语”版块，在激发孩子们好奇心的同时，可以带孩子们走进神秘的神话世界并帮助他们轻松理解神话内容；篇末设置“人物介绍”“引经据典”版块，带孩子们了解不同神话人物的性格特征，同时为所选神话提供学术支持，确保其准确性。此外，全书搭配了精彩传神的插画，图文并茂，可进一步激发孩子们的阅读积极性。

神话是我们的文化土壤，离开了神话的民族，就像古希腊神话里的安泰，失去了大地之根的滋养和护佑，生命终将萎谢。愿我们的孩子，在成长的历程中总有神话相伴，能从神话中找到前行的动力和勇气。

编者

目录

001 河伯观海
004 浑沌开窍
008 北海鲲鹏
010 望帝啼鹃
015 巨灵掰山
017 哪吒闹海
024 麒麟献书
026 干将莫邪铸剑
030 李冰斗蛟
034 吹箫引凤
041 师旷谈琴
048 愚公移山

053 韩凭夫妇

056 叶限

061 鲤鱼跃龙门

066 李寄斩蟒

070 鸡犬升天

072 董永和七仙女

080 张果老倒骑驴

084 八仙过海

088 谢端与白衣素女

092 麻姑献寿

097 柳毅传书

101 宝莲灯

河伯观海

导语

秋天河水暴涨，河伯从来没有见过这么多的水，于是洋洋自得，以为天下之美尽在此，直到有一天他看到了大海……

秋天来了。这些天，暴雨如注，河里的水位不断上涨。大大小小的河流浩浩汤汤地奔流到黄河里。因此，黄河更是波涛汹涌，水流澎湃，就像万马奔腾一样。河道被飞涨的水流淹没，看起来，黄河变宽了。站在黄河岸边，向河中的小洲眺望，再看向对岸，居然连牛和马这么大的牲畜都看不清楚了！

河伯心花怒放，觉得他是人世间一切伟大力量的集大成者，再也没有任何东西比他更加气势雄浑的了。他奔腾直下，向东流去，想去和大海较量一番。

河伯一路向东，带着翻滚的巨浪冲进渤海。啊？这是

哪里啊？

他极尽目力

向东瞭望，只见

海天一片，漫无边际，

应该远远超过几千里了吧！

他暗暗想道：我一路叫嚣着、肆意

张狂着、不可一世着……可是看看大海吧，

比我不知深邃（suì）宽广多少倍，却是那样平静安详！

河伯羞愧地望着海洋，对海神说：“老哥哥！俗话说，‘道理听了一百遭，谁都不如自己高’，这句话用在我身上正合适呢！以前，我听说自以为是的人小看孔子的见闻，鄙视伯夷的行动，我还觉得可笑呢。但是，我自己做得也不好，今天幸亏来到这里看见了你，见识了你的辽阔无边和博大胸怀，否则我一定还是自不量力的无知狂徒，不知道要被天下多少人耻笑呢！”

海神笑着说：“井里的青蛙，不能跟它们谈论大海，是因为受到生活空间的限制；夏天的虫子，不能跟它们谈论冰冻，是因为受到生活时间的限制……如今你从河岸边出来，看到了大海后，勇于自我反省，看来可以跟你谈论大道理了！”

人物介绍

河伯：我国古代神话中的黄河水神。原名冯夷，也叫冰夷。

引经据典

《庄子·秋水》：于是焉，河伯欣然自喜，以天下之美为尽在己。

浑沌开窍

导语

传说中的中土大帝名叫浑沌，他没有五官，却安静祥和、心地善良。一天，热情的南海大帝和北海大帝，决定帮浑沌把五官凿出来。他们一连凿了七天……

很久很久以前，大地上有三个国家，分别叫南海、中土、北海。三个国家各自都有帝王。南海国的帝王叫儵（shū），中土国的帝王叫浑沌，北海国的帝王叫忽。

儵和忽的国域内全都是海洋。大海片刻也不宁静，每天晚上涨潮，早晨退潮。除了涨潮、退潮之外，它还会扬波、掀浪、卷涛、起澜……海面上，经常狂风大作，巨浪滔天。两位帝王不分昼夜和大海相处，性格变得和大海的性格越来越像，从不愿意宁静片刻，而是每时每刻都在活动。

儵最喜欢奔跑，一口气可以跑出一万多里。

忽也喜欢奔跑，一口气也可以跑出一万多里。

浑沌的国域内都是中土大地，他的性格和倏、忽的截然不同。中土没有海洋，只有绵延不断的陆地。虽然也有峡谷、高山，峡谷比海浪的波谷还低，高山比海浪的浪尖更高，但是，峡谷和高山都是固定的，纹丝不动，安静得仿佛睡着了一般。浑沌和大地朝夕厮守，性格和大地一样安静平和，波澜不惊。

如果说浑沌的日子偶尔也会有波澜，那波澜也是因为他在王宫中招待倏、忽而起的。因为南海大帝和北海大帝都特别喜欢活动，南海大帝喜欢跑去北方，中途跑累了，正好可以在中土大地上停留休息；北海大帝喜欢跑去南方，中途跑累了，也恰好在中土大地上休息。

就这样，两位大帝经常在中土国相逢欢聚。

中土大帝浑沌尽管喜欢安静而不喜欢喧闹，却心地善良，老实忠厚，还有着一副热心肠。每当南海大帝和北海大帝在中土国相聚，中土大帝都会盛情款待他们。

两位大帝因为经常在中土国聚会，日久天长，都有些过意不去，很想为中土大帝做些事情。做什么事情呢？送礼物吧，他们有的，中土大帝都有；划点地盘给中土国吧，中土大帝不贪心，说不定还会嫌国土太辽阔不好管辖呢。二位大帝左思右想，只能在中土大帝的脸面上打主意了。

原来，中土大帝虽然有头有脸，但是没有眉眼，准确地说，就是没有七窍。所谓七窍，就是人面部的七个孔洞，即眼睛、耳朵、嘴巴和鼻子，不多不少，正好七个小洞。有了这七个小洞，人才能看得见、听得着，也才能说得出，否则人们为何喜欢说“耳聪目明”呢？中土大帝没有七窍，显得很木讷，既看不见，也听不着，更说不出，因此大家才称他为“浑沌”。要是浑沌有头有脸，有眉有眼，他一定会非常高兴！

两位大帝把这个想法告诉中土大帝。浑沌不喜不悲，多少年，他始终是这个样子，也过得很好啊！但是，中土大帝不能不领情啊，只好点点头，表示同意。两位大帝火速找来凿子、锤子，在浑沌脸上开始了打凿七窍的浩大工程。

一窍凿通了，浑沌看见了倏和忽正在忙碌着。

二窍凿通了，浑沌看见了倏和忽所在的殿堂。

三窍凿通了，浑沌听见了开凿声“叮叮当当”响个不停。

四窍凿通了，浑沌听清了殿外有鸟鸣叫、有兽嘶吼。

五窍凿通了，浑沌终于能够呼吸新鲜空气了。

六窍凿通了，浑沌可以闻到各种香味了。

两位大帝手脚不停地忙碌着，腰酸背疼。但是看见中土大帝在他们的共同努力下，一天天聪明灵动起来，他们的心里乐开了花！他们加快速度，继续开凿七窍。

终于，二位大帝成功地凿通了七窍。浑沌可以说话了，也可以吃饭了，甚至还可以唱歌了。他放声高歌一曲，感谢二位大帝的深情厚谊。然后，他高兴得哈哈大笑。

“哈哈哈……”浑沌兴奋不已，笑声越来越高，越来越高……突然，浑沌一口气没上来，活活憋死了。

人物介绍

浑沌：传说中的中土大帝，天生没有五官，被凿出五官后却死掉了。

引经据典

《庄子·应帝王》：南海之帝为倏，北海之帝为忽，中央之帝为浑沌……日凿一窍，七日而浑沌死。

北海鲲鹏

导语

相传在北海中，生活着一种大鱼，它的名字叫作鲲（kūn）。鲲非常大，体长能够达到几千里。鲲化身为鸟，名字叫鹏，鹏背之宽，也能够达到几千里……

在大荒世界，当冬去春来，万物复苏的时候，北海中就会出现一种体形巨大的鱼，其名叫鲲。没有人知道鲲的身体到底有多长，因为一定有几千里，超出了人的视力范围。鲲还会变化成一种叫鹏的鸟，但同样没有人知道鹏的脊背到底有多宽，因为也一定有几千里。

当鹏展翅高飞时，双翅就像遥远的天边的云。当鹏飞到九万里高空时，翅膀每扇动一次，它的身下都会掀起狂风，鹏正是凭借这巨大的风力轻松飞行。跟随着澎湃汹涌的波涛，鹏离开了北海，废寝忘食、昼夜不息地飞向南方。这场飞行要持续整整六个月。

在高空中，鹏俯视着大地：在温暖的春日里，树林、水泽、原野上方飘浮着白雾，那和成群结队的野马狂奔时产生的蒸腾之气看起来很像；在大自然中，各种各样的生物都在呼吸，气息吹拂，所以低空处总有沸沸扬扬的尘埃。鹏又抬头仰望天空，天空是那么湛蓝，那么高远，根本看不到尽头。普通人永远也不可能达到鹏的高度，也就不可能看到鹏在高空中所见到的气势恢宏的地面巨景。

鹏要飞往南海。南海浩瀚无边，只有这里，才能装得下鹏。鹏迁徙到南海时，翅膀拍击水面，激起高达三千里的波涛。转瞬之间，海面上狂风骤起，飙（biāo）旋而上，直接冲向了高空，到达了九万里之上！

正是因为鹏的力量如此强大，所以人们才说“大鹏展翅九万里”。

人物介绍

鲲：传说中的大鱼，生活在北边幽深的大海。

引经据典

《列子·汤问》：终北之北有溟海者，天池也。有鱼焉，其广数千里，其长称焉，其名为鲲。

望帝啼鹃

导语

杜鹃鸟的叫声十分凄惨。相传杜鹃鸟是望帝的化身，时刻在提醒后世的帝王们要以民为重……

很久以前，蜀国的国王叫望帝。望帝有着一颗仁爱之心，深受百姓的尊重和爱戴。他还带领人们开垦荒地，种

植五谷。在他的努力之下，多年以后，百姓丰衣足食，生活安乐，蜀国得到了“天府之国”的美称。

望帝看到国家强盛，百姓安乐，感到很开心。但是好景不长，蜀国就发生了严重的水患，老百姓的房子、田地全都被洪水淹没了，生活陷入了困苦之中。看着百姓们生活得这么艰难，望帝想出了很多方法治理水患，但是都没有取得太好的效果。

有一天，望帝带着随从们视察水情，看到一口井。突然有一只大鳖（biē）从井里爬出来，已经奄奄一息了。望帝正在叹息，大鳖却恢复了过来，他很感激望帝，并且告

诉望帝，他叫鳖灵。望帝发现鳖灵非常聪明，而且言辞恳切，就把自己的烦心事告诉了鳖灵，也把蜀国正在遭遇水患的现实毫无隐瞒地告诉了鳖灵。

听着望帝的讲述，鳖灵说："大王，我会治水。相信我，我们一定能够平息水患。"望帝欣喜不已，当即任命鳖灵为丞相，负责治理水患。鳖灵四处勘察地形，寻找水患的源头，后来发现是因为水路不通，所以才无法平息水患。

鳖灵开始整理巫山附近的嶙峋怪石，开凿了巫峡、夔峡和西陵峡等弯弯曲曲的峡谷。这样一来，就可以把汇聚在蜀国的洪水引流出去，让洪水流到长达七百里的河道中，流向东海。渐渐地，蜀国的物产越来越丰富，人民的生活越来越安乐，蜀国又成了天府之国。

望帝很爱惜人才，看到鳖灵拯救百姓于危难之中，而且富有才华，因此择了个良辰吉日，举行了盛大的仪式，把王位禅让给鳖灵。做完这一切，他隐居到西山里，过起了世外桃源的生活。

鳖灵当了国王，尊号"从帝"。他领导蜀人开始修建水利工程，开垦荒地，改造良田，做的都是对民生社稷大有好处的事情。看到百姓们安居乐业，望帝心中高兴，踏

踏实实地隐居西山。

时间久了，情况有了变化。从帝开始居功自傲，越来越独断蛮横，听不进去大臣的意见，更不体恤百姓的疾苦。人民的生活走上了下坡路，民怨沸腾。隐居西山的望帝得到消息，寝食不安，彻夜难眠，一直思索该用什么办法规劝从帝。最终，他决定亲自进宫，当面劝说从帝。

次日清晨，他从西山启程，奔赴皇宫，拜访从帝。老百姓们太想念望帝了，得知望帝回来了，都走出家门，跟在望帝身后。从帝看到望帝带来了声势浩荡的队伍，误以为望帝想带领百姓推翻他的统治，夺回王位！从帝心慌意乱，立刻下令关闭城门，阻止望帝带着百姓进城。

望帝无法进城，倚靠着城门痛哭失声，最终只能无可奈何地返回西山。但是，望帝认为自己应该帮助从帝恢复清醒，治理天下，他决定变成一只鸟，飞进王宫，规劝从帝。就这样，望帝变成了一只杜鹃鸟。杜鹃鸟扑扇着翅膀，努力地飞呀飞呀，从西山一直飞进了宫墙大院里，落在御花园的楠木树枝上，大声啼鸣："民贵呀！民贵呀！"

从帝原本勤政爱民，是个好皇帝。听了杜鹃鸟的声声

啼鸣，他知道了望帝的一片好心，从此之后一日三省，体恤民情，又变成了好皇帝。但是，可怜的望帝已经变成了杜鹃鸟，再也不能变成人了。他日夜不停地哀鸣，劝谏后世的帝王："民贵呀！民贵呀！"因为时刻苦苦哀鸣，他的嘴巴都被鲜血染红了。

人物介绍

望帝：相传古时候蜀王杜宇称帝，号望帝，为蜀治水有功，后禅位于臣子，退隐西山，死后化为杜鹃鸟，啼声凄切。

引经据典

《蜀志》：望帝称王于蜀时，荆州有一人化从井中出，名曰鳖灵……望帝修道处西山，而隐化为杜鹃鸟……至春则啼，闻者凄恻。

巨灵掰山

导语

相传很久以前，华山和少华山原本是一体的，只因为挡住了黄河的去路，惹恼了巨灵神，被巨灵神硬生生地掰成了两半。

巨灵神相传是由阴阳二气化生的元气形成的，他诞生在汾水源头一块高高凸起的嶙峋怪石旁。巨灵神法力无边，能够引江河，造山川，所以是黄河河神。

有一阵子，巨灵神在华山散心解闷，看见黄河水冲击华山山脚，泛起很大的浪花，然后又蜿蜒曲折，向着南方流去。巨灵神疑惑不解，仔细检查周围的地势之后，他发现原来是前面的一座大山把黄河的去路挡住了。

巨灵神站在黄河中间，伸出两只巨手，紧紧抓住南面的山头，顺势用脚狠狠地蹬向北面的山根，要把这座大山硬生生地分开。他用尽全身力气大喊一声“开”，大山还真叫他分开了，黄河也乘势从他蹬开的裂缝中奔腾而出。可是由于他抓住山头的两只手用的力气不一样大，好端端的山头也被他不小心掰裂了，一高一低成了两半：高的叫太华山，也就是今天的华山；低的叫少华山。

两座山被巨灵神硬生生地掰开后，形成了一段幽深的峡谷。峡谷两侧的山峰，就像门框一样分别立在黄河的两岸，被人称为“龙门”。黄河水立即气势汹汹地向着两座山峰涌来，欢畅地翻着巨浪，跳出了龙门，继续向东流去。时至今日，在华山上，还能看到巨灵神掰开两座山时留下的手印和脚印呢！

人物介绍

巨灵神：神话传说中掰开华山的河神，力大无穷，后来逐渐演化成了守卫天宫的天将。

引经据典

《搜神记》：河神巨灵，以手擘开其上，以足蹈离其下，中分为两，以利河流。

哪吒闹海

导语

陈塘关总兵李靖有个儿子，名叫哪吒。哪吒有个法宝，名叫混天绫。一天，他居然拿着混天绫去九湾河洗澡，东海龙王的水晶宫都被震得摇摇晃晃了……

古时候，陈塘关的总兵名叫李靖。他职位很高，手握兵权，还有着贤惠的妻子和两个可爱的儿子，生活十分幸福。但是，李靖也有烦心事。他到底为什么心烦呢？原来，他的妻子怀上第三个孩子已经三年零六个月了，但是迟迟没有分娩（miǎn）。

终于一天晚上，李靖的第三个孩子降生了。奇怪的是，这不是一个普通的孩子，而是一个圆溜溜的大肉球。李靖特别失望，他对妻子说："这一定是个妖怪，我必须除掉它！"话音刚落，李靖就拔出宝剑，用力劈向肉球。让他惊讶万分的是，一个白白胖胖的男孩从被劈开的肉球里跳了出来。

男孩的肚子上系着红肚兜，左手戴着一个金镯子，看起来非常可爱。李靖既害怕，又惊喜。男孩一点儿都不怕人，当即扑到李靖的怀抱里，抬起肉乎乎的小手，抚摸着李靖的脸庞。李靖的心软了，高兴地抱起男孩，给妻子看。妻子看到孩子这样可爱，也非常喜欢。

第二天，陈塘关的官员们都来向李靖道喜，庆祝李靖又得了个白白胖胖的儿子。乾元山金光洞的太乙真人，也和官员们一起来给李靖道喜，他不但为男孩取名哪吒，还收哪吒当徒弟。实际上，哪吒是太乙真人的徒弟灵珠子投胎转世的。他的红肚兜是混天绫，左手戴的金镯子正是乾坤圈。在乾元山金光洞里，这些都是宝贝呢！

转眼之间，哪吒已经七岁了。有一天，天气异常炎热，因而哪吒去直通东海的九湾河洗澡。他拿着混天绫在河里搅动，河里立刻掀起了巨浪，东海龙王的水晶宫都被震得摇摇晃晃。

龙王不知道发生了什么事情，赶紧命令巡海夜叉去河面上探查情况。夜叉来到九湾河，看到有个小娃娃正在洗澡，不问青红皂白，举起大斧就砍向娃娃。哪吒把左手戴着的乾坤圈取下来，口中念动咒语，乾坤圈马上变成了大金圈，朝着夜叉飞去。夜叉压根不知道乾坤圈的厉害，居然嬉皮笑脸地伸手去接。乾坤圈打在夜叉头上，发出“咣”的巨响。夜叉翻起白眼，当场毙命。

听说夜叉被一个小娃娃夺了性命，龙王既惊且怒，命令三太子去捉拿哪吒。

“小娃娃！你居然敢打死东海夜叉？”龙太子看到哪吒，怒气冲冲地说。

“哼，你们除了欺负小孩，还有什么本事！”哪吒噘着小嘴巴，也很生气。

他们一言不合，打了起来。龙太子的武器是剑，哪吒的武器是乾坤圈。他们大战了几十个回合，依然分不出胜负。哪吒有些着急，“嗖”地扔出乾坤圈，砸在龙太子头上，发出“咣当”一声巨响。龙太子也被打死了。

龙太子手下的虾兵蟹将们一起向前冲，想杀死哪吒。哪吒舞动着混天绫，在海水中搅动，海水就像中了邪一般，马上剧烈摇晃起来。虾兵蟹将们全都像喝醉了酒一样，在海水里不停地翻滚。他们再也不敢为龙太子报仇了，吓得赶紧逃回了龙宫。

看到虾兵蟹将们溃逃了，哪吒这才仔细观察龙太子的尸体：“咦？原来是一条小龙。听说用龙筋做鞭子最好，我正好抽了它的筋，做一根结实耐用的鞭子。”想到这里，哪吒用脚踩住龙头，猛地一抽，手里就多了一根柔韧的龙筋。

东海龙王得知龙太子惨死，气得火冒三丈，马上派手下去邀请西海、南海和北海的三位龙王，率领虾兵蟹将，团团围住了陈塘关。龙王咬牙切齿地说：“李靖，你的逆子杀了我的儿子，搅了我的龙宫，现在，我要召集四海龙王一起去天庭告状，你们全家都别想活了！”

哪吒不想连累父母，对龙王说：“我一人做事一人当，和我的父母没有关系，不要伤害他们！”

东海龙王叫嚣道：“你若偿命，我就放了你的父母！”

“可以！”哪吒说完，抽出宝剑，扭头对父母喊道，“父亲、母亲，孩子来世再报答你们的养育之恩！”说完，他便自刎了。看到哪吒死了，四海龙王这才放了李靖夫妇，回龙宫了。

太乙真人听说哪吒死了，于是用荷花、莲蓬和嫩藕摆成人形，高喊：“哪吒，哪吒，快点起来，快点起来啦！”太乙真人话音刚落，荷花、莲蓬和嫩藕就变成了活蹦乱跳的哪吒。太乙真人还把一支火尖枪和两只风火轮都当作礼物，送给哪吒了呢！

从此之后，哪吒手持火尖枪，脚踩风火轮，走路比飞更快，本领越来越高强了。

人物介绍

哪吒：又称哪吒三太子，我国古代神话传说人物，道教护法神。

引经据典

出自《封神演义》。

麒麟献书

导语

小朋友们，麒麟是我国神话中的瑞兽，据说圣人孔子居然遇到过它，它还给孔子献过书呢！

在我国古代神话中，麒麟是一种吉祥的动物。它的身形和鹿有些相像，头上有角，浑身都长满了鳞甲，就像密密麻麻的棋盘格子，所以被人们称为“麒麟”。

相传，孔子年轻时，谦虚好学，但是因为当时还没有书，所以学习上面临很大的困难。为此，孔子常常感到苦恼。有一天，孔子做了一个奇怪的梦。在梦里，他看到远处冒出一股深红色的烟气，烟气凝聚在一起，始终没有散开。孔子从梦中惊醒，心想：难道有圣贤降临人间，要指点我的学业吗？他赶紧叫醒学生子夏和颜回，一起驾车去红烟升起的地方寻找。

天越来越亮了。师徒三人驾驶着马车匆匆赶路，孔子看到前面的河岸边，有个孩子正用石头打一只麒麟。孔子赶紧下车，向岸边走去。孩子看到孔子，赶紧把麒麟藏在旁边的干草堆里，哄骗孔子说："哎呀，不好了，有只麒麟向前面跑去了。"孔子又急又气，没有理睬这个孩子，只是三步并作两步地走到干草堆旁，扒开草堆，查看麒麟的伤势。麒麟气息奄奄地望着孔子，似乎在请求孔子一定要救救它。孔子伤心极了，脱下自己的衣服，盖在麒麟的身上，又为麒麟清洁和包扎了伤口。麒麟伸出舌头舔了舔孔子的手，突然从嘴巴里吐出三本书，转身就跳进河里消失了。

孔子这才知道，他所拯救的是一只神兽。他想：这也许是上天看到我求知若渴，所以派麒麟给我送来这些天书，我一定不能辜负上苍啊！因此他每天都潜心苦读，学识越来越渊博，最终成了举世闻名的大圣人。

人物介绍

麒麟：传统瑞兽，性情温和。古人认为麒麟出没处，必有祥瑞。

引经据典

《春秋列国志传》：孔子闻之，亦往观之，既曰："此麟也！胡为乎来哉？"

干将莫邪铸剑

导语

干将（gān jiāng）和莫邪（mò yé）非常擅长铸剑，他们整整花费了三年时间为楚王铸造宝剑。剑铸好了，楚王却杀死了干将。干将的儿子赤长大后，立志为父亲报仇……

楚国的干将、莫邪夫妇擅长铸剑，为了给楚王铸造宝剑，他们整整花费了三年的时间，终于铸造出一把雌剑、一把雄剑。剑虽然铸好了，楚王却因为等得很着急，催促干将、莫邪献剑。这个时候，莫邪怀孕足月，马上就要分娩了。干将对莫邪说：“我用了整整三年才为楚王铸造好宝剑，楚王早已心存不满，我此去肯定有去无回。你如

果生了儿子，等到儿子长大了就告诉他：出门看向南山，有棵松树长在石头上，宝剑就埋藏在树的后面。”向妻子交代好后，干将就带着雌剑去拜见楚王。楚王怒气冲冲，让人仔细检查宝剑，得知宝剑共有两把，一雌一雄，而现在，干将只是把雌剑带来了，却没有把雄剑带来。楚王怒发冲冠，当即下令杀死干将。

干将走后，莫邪生了个儿子，取名叫赤。转眼间，赤长大成人了，便问莫邪：“母亲，我的父亲呢？他在哪里呀？”莫邪说：“儿啊，你的父亲是楚王的铸剑师，为了给楚王铸造宝剑，花费了整整三年时间。楚王等得不耐烦，一气之下杀死了他。他去王宫前让我告诉你：出门看向南山，有棵松树长在石头上，宝剑就埋藏在树的后面。”赤走出家门，望向南方，并没有看到大山，只看到屋前的松木柱子下有一块大石头，就

举起斧子劈开石头，找到了父亲埋藏的雄剑。自从找到雄剑，赤每天都想刺杀楚王，报杀父之仇。

有一天，楚王梦见了一个男人。这个男人双眉相距一尺宽，相貌不俗，而且口口声声喊着要报杀父之仇。楚王马上悬赏千金，想要捉住这个人。楚王梦到的这个人其实就是干将、莫邪的儿子赤，当他得知楚王悬赏捉拿他后，只好逃亡到深山里，每天都唱着让人心碎的歌。

有一个路过的侠客听到了赤的歌声后，问："你还这么年轻，是什么事情让你如此悲伤呢？"赤说："我的父亲是干将，我的母亲是莫邪。我的父亲在我还没有出生的时候，就被楚王杀死了，我要报杀父之仇。"侠客说："我知道你。楚王悬赏千金，只为了得到你的项上人头。把你的剑和你的头都给我吧，我一定为你杀了楚王。"赤说："好呀！"说完，他毫不迟疑地拔剑自刎。此后，他的尸体始终站立在地上，坚挺不倒。侠客说："我会帮你实现心愿的。"听到这句话，赤的尸体才倒在地上。

侠客捧着宝剑和赤的头颅去见楚王，楚王高兴极了。侠客说："这是勇士的头颅，应该把它放在热水锅中烧煮。"楚王命人架起炉灶，整整煮了三天三夜，头颅竟然久煮不烂。侠客说：“这个勇士的头颅久煮不烂，必有奇异之处，楚王可以靠近一些仔细观察。”楚王刚一靠近，侠客举起雄剑用力砍向楚王，楚王的头颅掉落到了热水锅中。侠客毫不迟疑，又挥舞雄剑砍掉了自己的头颅。就这样，三个头颅在热水锅中分不清楚，被人分成三份埋葬，后人把这三个坟墓称为“三王墓”。

人物介绍

干将：春秋时吴国人，是楚国最有名的铁匠，他打造的剑锋利无比。

引经据典

《搜神记》：楚干将莫邪为楚王作剑，三年乃成。王怒，欲杀之。

李冰斗蛟

导语

李冰担任蜀郡郡守的时候，江底生活着一条水蛟（jiāo）。水蛟天天为非作歹，使得周围的百姓们苦不堪言。为了拯救处于水深火热中的百姓，李冰决定杀死水蛟，为民除害……

李冰担任蜀郡郡守期间，有条水蛟生活在江底，常常为非作歹，引发水患。肆虐的洪水不仅淹没了土地，还冲毁了房屋。老百姓的田地和房子都被洪水淹没了，他们颗粒无收，没有粮食吃，也没有地方住，只能四处流浪。看到老百姓们生活得这么艰难，李冰心急如焚，他决定除掉水蛟，让老百姓能够过上安稳幸福的生活。

李冰每时每刻都在琢磨杀死水蛟的方法，他的诚意感动了天帝，天帝赐予了李冰神奇的力量，让李冰可以随心地变成自己想要的模样。李冰暗暗想道：“牛的力气最大，应该可以和水蛟搏斗吧。”这么想着，他真的变成了一头强壮健硕、力大无穷的牛。他无所畏惧，当即潜入江底，与水蛟展开了搏斗。

水蛟既然能在江里兴风作浪，自然也有神力相助。看到李冰化身为牛潜入江底，水蛟也马上变成了一头大牛，和李冰势均力敌，在水里斗得巨浪滔天，昏天暗地。两头大牛厮杀了整整一天，都不分胜负。傍晚时分，李冰这才疲惫地回到岸上，变回人形。

李冰暗暗想道：我有这么多帮手，却派不上用场，如何才能让我的这些帮手真正帮上忙呢？他苦思冥想，想出了一个好办法。他马上精心挑选出几百名勇猛的士兵，给他们配备了最好的弓和最锋利的箭，让他们守在江边。李冰告诉士兵们：“上次，我变成大牛进入水中，去杀水蛟，没想到水

蛟也变成了大牛，我一点儿都没占上风。这次，我还要变成大牛进入水中，与水蛟厮杀。我想，水蛟肯定还会变成大牛，这样一来，你们在岸上根本分不清楚哪头是我，哪头是水蛟。我要在身上系白绸，你们在岸上朝着没有系白绸子的大牛射箭，一定能助我一臂之力，除掉水蛟！”

士兵们牢牢记住李冰的话。李冰大喝一声，义无反顾地纵身跳入江水中。很快，狂风大作，电闪雷鸣，江水中泛起白色的巨浪。巨浪里，依稀有两头牛正在厮杀。过了片刻，江面上才略微平静一些。士兵们发现一头牛的身上系着白绸，另一头牛的身上则什么都没有系。他们瞄准没有系白绸的大牛，拼尽全力拉满了弓，搭好了箭，果断地射过去。转眼之间，几百张硬弓射出了上千支利箭。水蛟来不及躲避，身中数箭，元气大

伤。这时，李冰立刻对水蛟展开了猛烈的攻击，很快就杀死了水蛟。

人物介绍

李冰：战国时代秦国著名的水利工程专家，担任过蜀郡太守。

引经据典

《太平御览》：冰先投杯，但澹淡不耗，厉声曰："江君相轻，当相伐耳！"拔剑，忽然不见。良久，有两苍牛斗于岸。有顷，冰还，谓官属令相助曰："南向要中正白，是我绶也。"还复斗。主簿刺杀其北面者。江神死，后复无患。

吹箫引凤

导语

弄玉是秦穆公的女儿，她擅长吹笙；萧史是东周的太史令，他擅长吹箫……

秦穆公的女儿叫弄玉，她天生聪慧，擅长吹笙。虽然没有经过乐师的指点，但她靠着自学就能吹出优美的旋律，听起来仿佛凤凰在鸣叫，悦耳动听。弄玉小时候，经常哭闹。当时，楚国进献了一块青绿色的璞（pú）玉，弄玉见到这块璞玉，当即就不哭了。弄玉一周岁时，秦穆公让玉匠凿开璞玉，从里面取出来一块绿色的宝玉，和其他金银珠宝放在一起，让弄玉抓周。弄玉对其他的金银珠宝

看也不看，当即就拿起绿玉玩起来，舍不得放下。正因为如此，秦穆公才为她起名弄玉。弄玉长大后，秦穆公让玉匠把她喜欢的绿玉雕琢成精巧的笙。从此之后，弄玉总是用绿玉笙吹奏曲子。那声音就像凤凰在鸣叫，能传出几十里。

转眼间，弄玉到了谈婚论嫁的年纪，因为她才貌双全，所以很多王公贵族子弟都向她求婚，但是她谁也看不上。弄玉常常想：如果有人和我一样喜欢吹笙，与我情投意合，我就嫁给他；否则，我就一直独身，谁也不嫁。

这时，东周的太史令叫萧史，他从小就是个孤儿，虽然家境贫穷，但是勤奋刻苦，虚心好学。长大之后，萧史满腹才华，品德高尚，为人正直。后来他当了太史令，虽然人在官场，但是从来不畏惧权贵，更不与恶人同流合污，因此得罪了很多人，常常被居心叵测的小人陷害，只好弃官出走，逃到蹯（fán）溪避难。他在茅屋的四周栽桑种麻，不忙的时候，还编修国史，吹箫寻乐，用乐音诉说自己的郁郁不得志。他的箫也是用玉雕刻而成的，名叫紫玉箫。这箫通身透明，水润光泽，声音清亮，可以传遍方圆百里。

弄玉始终没有找到心上人，每天都愁眉紧锁，不管做什么事情，都毫无兴致。八月的一天，弄玉突然做了个奇怪的梦。在梦里，有个仙人腾云驾雾来到京城，和她一起吹奏乐器，合奏之乐音妙如天籁。弄玉喜极而泣，从梦中惊醒，才知道一切只是一场梦，忍不住伤心地哭起来。正在此时，她听到从东南方向传来一阵悦耳的箫声。她侧耳凝听，听到箫音和梦中仙人吹的完全相同，马上精神抖擞地来到庭院里。晴朗的夜晚，月亮如同圆盘一样高悬在天空中，四周别无他声，只有箫音时而如泣如诉，哀婉动人；时而如同高山流水，欢快愉悦；时而如同珍珠落玉盘，清脆无比。弄玉顿时感到心旷神怡，立刻回到房间取出玉笙，朝着箫声传来的方向吹了一曲《凤凰求贤曲》。

萧史这时刚刚吹奏完毕，突然听到一阵动人的笙声从渭水北岸传来，他从笙音里听出了忧愁压抑，断定吹笙的人正在寻觅知音；从笙音的绵软柔韧中，他断定吹笙的人是一个女子，而且怀有远大的志向。萧史深受感动，当即

吹了一曲《求凤曲》，然后静静地等着对方回答。萧史的箫音刚刚停下，雍城里的笙声立刻响起，似乎在告诉萧史她对《求凤曲》很满意，很愿意结交他这个朋友。萧史意犹未尽，当即又吹了一曲。萧史和弄玉就这样你吹一曲我吹一曲，不知不觉间，天已经亮了。弄玉想："要是能嫁给这个吹箫的人，我这一生就了无遗憾了。但是，我不知道他是什么人，也不知道他身在何处。"弄玉思来想去，忧郁成疾，病倒了。她把自己的满腹心事都告诉了自己的侍女，侍女又转告了秦穆公。秦穆公听后，赶紧派大臣孟明去东南方走访调查。

孟明带着手下查访了好几天，从一个樵夫那里打听到萧史的住处。孟明终于见到了萧史，他看见萧史英俊倜傥，言行举止都毫无俗气。他把弄玉忧郁成疾的事情告诉了萧史，没想到，萧史也正思念弄玉呢！萧史立刻跟随孟明来到了雍城。

秦穆公见萧史相貌英俊，博学多才，对萧史很满意。秦穆公请萧史吹紫玉箫给他听。萧史吹箫一首，清风徐来；吹箫两首，殿堂彩云缭绕；

吹箫三首，一对彩凤落在梧桐树上，一对白鹤在空中翩然起舞。很快，百鸟都飞到大殿前的庭院里，一边鸣叫，一边飞舞，就连秦穆公都情不自禁地手舞足蹈起来。等到萧史三曲终了，秦穆公当即把萧史招为驸马，并为萧史和弄玉举办了盛大的婚礼。后来，秦穆公还封萧史为中大夫，让他和弄玉一起住在凤楼上，继续编史修志。

萧史和弄玉情投意合，幸福地生活着。后来，他们觉得皇宫没有山乡僻野安静祥和。秦穆公满足了他们的心愿，在萧史原来的居所旁，修建了一座居所。这座居所前面有个高台，叫凤凰台。在凤凰台上，萧史和弄玉每天都合奏乐曲修养性情，两人越来越脱俗。笙箫合奏时，总有凤凰被吸引过来，落在凤凰台的东边；也总有红色的飞龙被吸引过来，盘在凤凰台的西边。

半年之后，在一个月朗星稀的夜晚，萧史和弄玉一起升天了。升天时，萧史乘坐红色的飞龙，弄玉乘坐彩色的凤凰，双双飞到天上的宫殿里继续过着神仙眷侣的生活。他们升天的时候吹着笙箫，美妙的乐声在渭河岸边萦响了很多天，久久不曾散去。

后人们为了纪念萧史和弄玉，在他们居住过的地方修建了凤女祠，用来祭祀萧史和弄玉。

人物介绍

弄玉：相传是秦穆公的女儿，嫁给了擅长吹箫的萧史，最后夫妻乘龙凤飞天仙去。

引经据典

《列仙传》：萧史者，秦穆公时人也，善吹箫，能致孔雀、白鹤于庭。穆公有女字弄玉，好之，公遂以女妻焉。

师旷谈琴

导语

师旷是个盲人，却精通音律，琴艺高超。他不仅技艺高超，是个优秀的琴师，而且对每套曲子的内涵，也理解得非常透彻……

师旷虽然目不能视，但是精通音律，琴艺高超，令人称奇。

师旷其实并不是一个先天的盲人，只是他觉得自己太聪明，眼睛看到了太多的东西，总是会受到各种想法的干扰，不能专注于音律，所以就采取书上说的方法，用艾草薰瞎了双眼，从而让自己能够专心致志地研究音律。

师旷的琴艺到底有多高超呢？相传，每当师旷弹琴时，马儿就会忘记吃草，仰起头，一动也不动地侧耳倾听；鸟儿会忘记觅食，停止飞翔，沉浸在美妙的乐曲中，把嘴里叼着的食物都丢弃了，也浑然不知。得知师旷的琴

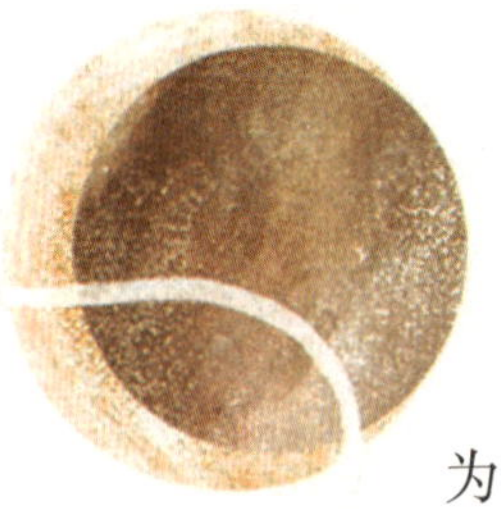

艺如此高超，而且精通音律，晋平公便封师旷为掌乐太师。

晋平公的新王宫建成了，即将举行盛大的乔迁仪式。卫灵公为了与晋平公交好，特意率乐工不畏路途遥远，赶来祝贺。傍晚时分，卫灵公带着侍从来到濮（pú）河边，在河边倚车歇息。

当时正值初夏，月亮又大又圆，如同银盘，高高地悬挂在夜空中。河两岸长满了柳树，柳枝低垂，轻拂水面。河水那么安静，在月光的照射下泛出银白色的光，仿佛是天上的锦缎掉落到了地上。卫灵公正在欣赏夜景，耳边突然传来令人如痴如醉的琴声。他心生欢喜，赶紧召来乐师师涓聆听这神奇的音乐，并且命师涓进行记录。师涓屏息凝神地坐在河边，聆听着宛如天籁的音乐，认真详细地记录着乐曲，忙得一夜都没睡。

卫灵公带着随从们来到晋国，得到了晋平公的热情款待。晋平公在刚刚建好的新王宫里摆上筵席，与卫灵公举杯畅饮。

宴会上，观赏完晋国的歌舞之后，卫灵公让师涓演奏在濮河边听到的神曲。

师涓遵从卫灵公的命令，理弦调琴，尽己所能地开始弹奏。只见他的手指灵巧地起起落落，琴声时而如同细雨连绵不断，沁人心脾；时而如泣如诉，仿佛在诉说着心中的忧愁。

晋国掌乐太师师旷也在宴席上，此时此刻，他正面带微笑，侧耳倾听。渐渐地，他的表情越来越严肃，笑容消失了。师涓才演奏到一半，师旷拍案而起，打断了师涓的演奏，大声喝道："快停下！快停下！这是亡国之音啊！不能弹！"

卫灵公是专程来给晋平公道喜的，听到师旷这么说，吓得不知所措。师涓更是汗如雨下，尴尬地看着卫灵公。晋平公不想让客人下不了台，因而责问师旷："这曲子哀婉动听，太师为何断定是亡国之音呢？"

师旷胸有成竹地说："商朝末年，商纣王施行暴政，不理国事，百姓苦不堪言，无以为生，因此乐师师延作了这首靡靡之音。后来，商纣王因为昏庸无道，做了亡国之君；师延深知自己助纣为虐，害怕遭到严厉的惩罚，在绝望之中抱着琴跳进濮河自尽了。这首乐曲非常晦气，如果国君沉醉于其中，国家就会从强盛走向衰弱，直至灭亡。”说完，师旷又问师涓：“你是在濮河边听到这支曲子的吗？”

“是的，正是在濮河边休息时听到的！”卫灵公非常震惊，主动替师涓回答。

晋平公却不以为意，对卫灵公说：“如今早就已经改朝换代了，这又有什么关系？你还是让贵国乐师继续把这首曲子演奏完吧！”

师旷不停地摇头，坚持说：“美好的音乐能让我们努力向上，亡国的靡靡之音却会让我们自甘堕落。大王是一国之君，要听美好的音乐，不能听亡国之音啊！”

晋平公见卫灵公面露尴尬，命令师旷：“你别说了，让乐师把这首曲子演奏完，否则大家都会很扫兴！今日是大喜的日子，如果怠慢了贵宾，你可担不起这个责任啊！”

师旷听到晋平公的话中带着怒气，只能不再言语。

师涓把整首曲子都演奏完了，师旷面露怒气。晋平公责问师旷：“这首乐曲用的是什么曲调？”

师旷回答：“是清商。”

晋平公又问：“在所有曲调中，清商是不是最悲凉的？”

师旷说：“并不是这样的，清徵比清商更悲凉。”

晋平公说：“好啊，作为回礼，你为我们演奏一曲清徵吧！”

“不！”师旷毫不迟疑地拒绝道，“在古代，只有德高望重、尽善尽美的君主才能听清徵。大王还没达到那个层次呢，现在还不能听清徵！”

晋平公说：“我就想听音乐，不论德行。你赶紧演奏吧！”王命难违，师旷只好坐下来，开始弹琴。他才用奇妙的指法拨响第一串音，就有十六只玄鹤从南方飞过来，一边翩然起舞，一边引吭高歌。师旷继续拨动琴弦，天际久久回荡着玄鹤的鸣叫声和琴声，这两种声音已经完全融合起来了。晋平公和在场的宾客们全都面露惊喜。

师旷一曲终了，晋平公又问：“在人世间，清徵应是最悲怆的曲调了吧？”

师旷回答：“不，清角更悲怆。”

晋平公开心地说：“那就请太师再奏一曲清角吧！”

师旷连忙把头摇得和拨浪鼓一样，说：“不行啊，万万不行啊！清角不同寻常，是黄帝当年为了在西泰山上召集

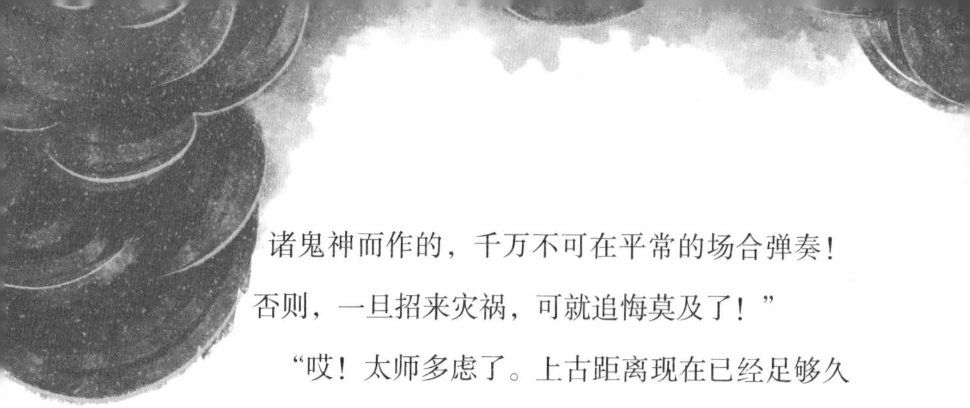

诸鬼神而作的，千万不可在平常的场合弹奏！否则，一旦招来灾祸，可就追悔莫及了！”

“哎！太师多虑了。上古距离现在已经足够久远了，上古的乐曲又怎么可能祸及现在呢？”

师旷看到晋平公心意已决，无奈之下只好从命，拨动琴弦弹起了清角。

师旷的指间流淌出第一串玄妙的音符，霎时间，西北方向原本万里无云的天空乌云密布；师旷继续弹奏，指间流淌出第二串玄妙的音符，天空中突然狂风大作，电闪雷鸣，暴雨如注；师旷没有停止演奏，指尖流淌出第三串玄妙的音符，狂风呼啸而至，把宫廷的房瓦都掀翻了，把大殿内的一幅幅帷幔都撕碎了，各种各样用来祭祀的重器和屋顶上的瓦片全都被震碎，现场一片狼藉。

在场的宾客全都惊慌失色，四处逃跑。晋平公也吓得脸色大变，抱着头跑到廊柱下，趴在地上，一动也不敢动，口中大喊：“停下！停下！别再演奏清角了！赶快停下……”

师旷这才停手，天空中马上乌云消散，云淡风轻，阳光明媚。

宾客们对师旷高超的琴艺佩服得五体投地。卫国乐师师涓激动万分，走过去握住师旷的手，说：“您的琴艺真可谓惊天地、泣鬼神啊！世间，再也无人能与您比肩！”

人物介绍

师旷：春秋时期著名的乐师，艺术造诣非常高。

引经据典

《韩非子·十过》：师旷不得已而鼓之。一奏之，有玄云从西北方起；再奏之，大风至，大雨随之，裂帷幕，破俎豆，隳廊瓦。坐者散走，平公恐惧伏于廊室之间。

愚公移山

导语

愚公的家门口堵着两座大山，一座叫太行，一座叫王屋，因此他出入非常不方便。一天，愚公决定带领家人把这两座山移走……

古时候有两座大山，一座叫太行山，另一座叫王屋山。在太行山和王屋山的北面，还有一座不知名的小山，叫北山。愚公就住在北山，他已经九十多岁了。

从小时候记事起，愚公每次出门都要绕过太行和王屋，既费时间，又费力气。

有一天，愚公坐在家门口晒太阳，看着南面的两座大山，突发奇想："如果能把太行和王屋移走，那

么我们出门就太方便了。”想到这里，他立刻召集全家人开会：“我这一生都被两座大山挡着，出行太难了，我可不想我的子孙后代还像我一样。明天，我想开始一项浩大的工程，就是把太行山和王屋山搬走，修一条道路，直接通往南方。你们觉得我这个想法怎么样？”

家人纷纷拍手称赞，表示支持。但是愚公的老伴有点疑问：“即使我们全家人一起出动，也无法把一座小山搬走，更何况是太行和王屋两座大山呢？退一步说，就算我们真的可以把这两座山搬走，那么又要如何处理山上的泥土和石块呢？”经过更为深入和详细的讨论，大家全都同意把两座大山上的泥土和石块扔到遥远的渤海边。

次日清晨，太阳刚刚露头，愚公就带着儿孙们开始挖山。他们分工明确，有人负责凿石，有人负责清土，还有人负责运送土石去海边。虽然他们全家行动，但是每天的进展还是很缓慢，负责运送土石去海边的人，更是一年才能往返一次。看到愚公和家人这么辛苦，邻居寡妇让她才六七岁的儿了也跟着愚公一起上山，给愚公打下手。愚公尽管辛苦，却从没想过放弃，他和家人每天都秩序井然地挖掘大山，日复一日，年复一年。

有个老人名叫智叟，以聪明著称。得知这件事后，他专程赶来劝说愚公："你这样做太愚蠢了。你都已经九十多岁了，时间和精力都是有限的，根本不可能在有生之年把这两座山挖平！"愚公回答说：

“你啊，虽然聪明，却太顽固。你想啊，就算我死了，我的儿子还活着呢；就算我的儿子死了，我的孙子还活着呢。孙子又生孩子，孩子再生孩子，代代相传，子子孙孙是没有穷尽的。但是，山就在那里，不会继续增高，我们怎么就不能把山挖平呢？”

很快，山神听说了愚公移山的事情，担心愚公真的会子子孙孙无穷尽地挖下去，把山挖塌，因而赶紧把这件事汇报给天帝。天帝被愚公坚韧不拔的精神感动了，命令大力神夸娥氏的两个儿子赶紧把这两座山搬走，一座放在朔方东部，一座放在雍州南部。从此之后，从冀州的南部到汉水南岸，全都是平川，再也没有高山阻隔了。

人物介绍

愚公：我国神话传说中的人物，常被用以比喻做事有顽强的毅力、不怕困难的人。

引经据典

《列子·汤问》：北山愚公者，年且九十，面山而居。惩山北之塞，出入之迂也。聚室而谋曰：“吾与汝毕力平险，指通豫南，达于汉阴，可乎？”杂然相许。

韩凭夫妇

导语

韩凭和他的妻子何氏原本十分相爱，但因为何氏长得端庄美丽，好色的宋康王对她一见倾心……

韩凭是宋康王的舍人，与何姓人家的女儿结为夫妻。何氏长相端庄美丽，宋康王对何氏一见倾心，便把何氏霸占了，还把韩凭囚禁起来。为了消除后患，宋康王给韩凭治了罪，让他去服苦役。

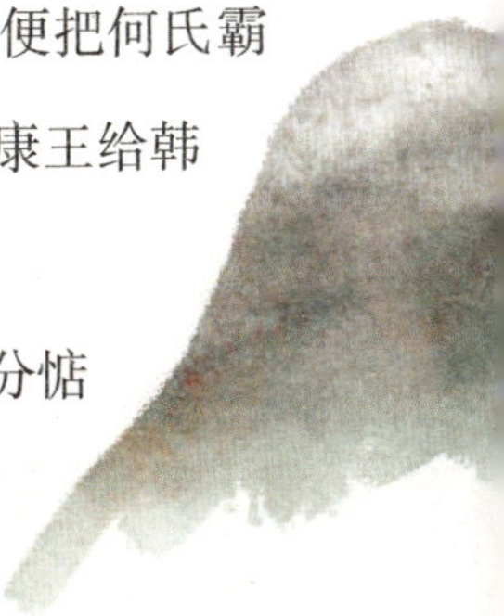

何氏和韩凭成婚以来一直非常恩爱，她十分惦念韩凭，因此托人给韩凭送了一封信。何氏担心信件被截获，招来祸患，所以在信里所说的话都很隐晦："阴雨连绵，河水暴涨，无法泅渡，只有太阳可见我心。"果然，宋康王截获了这封信，因为不明白信中所说的意思，他还把信拿给亲近的大臣看，想让大家帮他出谋划策。可是大臣们看完信之后，和宋康王一

样，根本不知道信里所说的意思。只有大臣苏贺说："阴雨连绵，是说思念如同阴雨连绵不休；河水暴涨，无法泅渡，是说他们夫妻被分开，没有机会见面；只有太阳可见我心，是说她已经下定决心要自杀。"很快，韩凭就自杀身亡了。

得知韩凭的死讯，何氏偷偷地把衣服弄坏。有一天，宋康王带着何氏登上高台欣赏景色。趁着宋康王不留心，何氏决绝地跳下高台。跟随的侍从见势不妙，伸手拉住了何氏的衣服，但是何氏的衣服已经坏了，一经拉扯，就被撕裂。就这样，何氏掉下高台摔死了。后来，人们在何氏的衣服里发现了一封遗书："宋康王希望我活着，我却想要赶紧死去。请把我的尸骨和韩凭合葬在一处。"

宋康王怒气冲天，并没有满足何氏的愿望。他命令手下把韩凭夫妇分开埋葬，坟墓既要隔着一段距离，又要能够相互望见。宋康王说："你们夫妇虽然恩爱，却没有长相厮守，即使死了，我也要把你们分开。如果你们能够让遥遥相望的坟墓合二为一，那么我就满足你们的心愿。"

令人深感惊奇的是，只一夜之间，韩凭夫妇的两座坟墓的顶端就各自长出了一棵大树。才过去几天，这两棵大树就长得很粗壮了，一个人必须张开双臂才能环抱住。两棵大树的树干弯弯曲曲的，相互靠近；它们的根系发达，在地下相互缠绕，不分彼此；它们的枝叶异常繁茂，在天空中相互挥手致意，偶尔还能随风触碰。后来，在这两棵大树上，居然出现了一对鸳鸯。这对鸳鸯寸步不离对方，日夜相守，交颈悲鸣，发出凄恻动人的鸣叫。

宋国人听到鸳鸯的叫声都悲从中来，深受感动。他们坚信这对鸳鸯是韩凭夫妇的魂魄变成的，因此把这两棵树称为“相思树”。

人物介绍

宋康王：战国末年宋国国君。名偃，在位期间沉迷酒色。

引经据典

《搜神记》：宿昔之间，便有大梓木生于二冢之端，旬日而大盈抱，屈体相就，根交于下，枝错于上。又有鸳鸯，雌雄各一，恒栖树上，晨夕不去，交颈悲鸣，音声感人。宋人哀之，遂号其木曰相思树。“相思”之名，起于此也。

叶限

导语

从前，有个美丽的小姑娘名叫叶限，父母双亡后，她的后母常常虐待她。有一天，叶限去水潭边取水，居然捞上来一条漂亮的小鱼……

相传在秦汉之前，南方有个洞主姓吴，被当地人称为“吴洞”。吴洞有个女儿，名叫叶限，她美丽善良，温柔贤惠，还心灵手巧，能用金丝线编织美丽华贵的衣服。叶限的母亲很早就去世了，吴洞原本就很喜爱叶限，所以在发妻死后，他加倍宠爱叶限。可是没过几年，吴洞也死了。叶限的后母特别嫌弃叶限，经常让她去高高的山上砍柴伐木，去深不见底的潭边取水。

有一次，叶限去潭边取水，居然捕捞上来一条鱼。鱼儿有两寸多长，脊鳍（qí）

是鲜红色的，眼睛是金黄色的。叶限觉得很漂亮，所以就把鱼儿带回家，偷偷地养在水盆里。鱼儿长得特别快，一天更比一天大，叶限不得不为鱼儿换更大的盆。在换了几次水盆之后，鱼儿已经大到家里所有的水盆都放不下了，叶限只得把鱼儿放到院子后面的水塘中。

为了让鱼儿填饱肚子，叶限每天只吃一点饭，把省下的饭都投到水塘里给鱼儿吃。鱼儿仿佛认识叶限，每当叶限到水塘边，鱼儿就会游到岸边，从水里探出脑袋。除了叶限外，任何人去到水塘边，鱼儿都隐藏起来，绝不露面。不久之后，后母发现叶限的行为有点异常，就悄悄跟在叶限身后去池塘边偷看，但是，她一次也没有看到鱼儿。后母想出了一个诡计。一天，后母对叶限说："最近，你每天都在为家里操劳，很辛苦，所以我做了一件新衣服给你。"叶限高兴地换上了新衣服。后母借机把叶限的旧衣服藏好，然后故意让叶限去很远的一眼山泉取水。

看到叶限走远了，后母穿上叶限的衣服，打扮成叶限的样子，还在身上藏了一把锋利的刀，来到了池塘边。很快，鱼儿游到了岸边，露出头来。后母拿出刀杀死了鱼

儿。鱼足足有一丈多长。后母把鱼肉全都煮熟，发现鱼的味道异常鲜美。后母吃掉所有的鱼肉，把鱼骨藏在粪坑中。

第二天，叶限来到水塘边，但是再也找不到鱼儿了。她伤心欲绝，又不敢在家里哭，因而跑到野外放声大哭。这时，有个身穿粗布衣服、披头散发的人从天而降，对她说：“小姑娘，别哭了，你的后母把你的鱼杀死吃光了。鱼的骨头被她扔在粪坑里，你回去后把鱼骨头找出来，藏在家里。当你需要什么东西时，可以向鱼骨祈祷，鱼骨一定会满足你的愿望。”叶限依言而行。果然，鱼骨满足了她的所有愿望。

洞节到了，后母带着自己的女儿去参加隆重的庆典，命令叶限在家看守庭院。等后母走后，叶限向鱼骨要来用鸟羽编织而成的衣服、用金银丝线精心制作的鞋子，也赶去参加庆典了。后母的女儿发现整个庆典上穿着最华丽、打扮最漂亮的女孩就是叶限，赶紧把这个消息告诉母亲。后母盯着叶限看，也心生疑惑。叶限担心继续留下来会被后母识破，急急忙忙地离开了庆典现场，不小心丢下了一只鞋子，恰好被一个洞人捡到了。后母回到家里，看到穿得破破烂烂的叶限正抱着院子里的果树睡觉呢，便打消了疑虑。

吴姓部落靠着海岛居住，海岛上有个国家叫陀（tuó）汗，国力强盛，兵强马壮，统治着周围几十个大大小小的海岛，国土总面积高达几千平方海里。洞人把制作精细的金线鞋子卖给陀汗王，陀汗王看到金线鞋子精巧无比，渐渐地对鞋子的主人产生了浓厚的兴趣。他让后宫里的女人们都来试穿金鞋，但是，即使是脚最小的女人，也穿不上这只娇俏的鞋子。

金鞋轻得像羽毛，即使踩在石头上也不会发出任何声音。陀汗王猜想卖鞋子的洞人一定是通过不法途径得到金鞋的，因此把洞人拘禁起来，严刑拷打。洞人只说是捡到的，并不知道金鞋的主人是谁。国王派手下去各家各户进行搜查，一定要找到穿着同样金鞋的女孩。国王的手下挨家挨户地找，终于找到了叶限。叶限一看到金鞋，就说是自己的，但是国王的手下并不相信。直到叶限当着他们的面穿上金鞋，国王的手下这才相信，立刻让叶限梳妆打扮，准备带她进宫面见国王。

叶限穿上翠羽衣和金丝鞋，马上变得和天上的仙女一样漂亮。她带上鱼骨，就进宫去见国王了。国王听到叶限讲述的悲惨经历，对她蛇蝎心肠的后母恨之入骨，派人用乱石把后母和后母的女儿砸死了。后来，洞人把叶限后母和她的女儿埋在石坑里，称石坑为“懊女冢”。

国王娶叶限做了王后。得知鱼骨的秘密后，国王起了贪念，向鱼骨祈求了很多的金银珠宝，却依然不知满足。一年之后，国王再次向鱼骨祈祷，却再也得不到任何东西了。国王把鱼骨和很多金银珠宝一起埋在海边，想等到征讨叛军时再挖出这些财宝应急。没想到，当天晚上，海水就淹没了国王藏宝的地方，国王再也找不到宝藏了。

人物介绍

叶限：《酉阳杂俎》中所记载的秦汉前南方一个洞主的女儿，是一位百越姑娘。

引经据典

《酉阳杂俎》：女伺母行远，亦往，衣翠纺上衣，蹑金履。母所生女认之，谓母曰：“此甚似姊也。”母亦疑之。女觉，遽反，遂遗一只履，为洞人所得。母归，但见女抱庭树眠，亦不之虑。

鲤鱼跃龙门

导语

黄河中有个叫龙门的地方，鲤鱼们只要跃过龙门，就会变化成威风凛凛的龙。想要跃过龙门不是一件容易的事儿，可是鲤鱼们都跃跃欲试，它们到底能不能成功呢？

从前，龙门山上没有水路。伊河被龙门山挡住，在龙门山以南汇聚成一个大湖。

生活在黄河里的鲤鱼们早就听说龙门风景秀丽，因而想去龙门观光旅游。它们从河南的孟津启程，一路上经过洛河，又沿着伊河继续向前游，却被阻挡在龙门的北山脚下，无法游过龙门山。

鲤鱼们迫不及待想去龙门看风景，却没有办法游过龙门山。一条红色的大鲤鱼突发奇想，说：“咱们可以从龙门山上跳过去啊！”一石激起千层浪，其他鲤鱼马上发表意见："那么高，我们又没有腿，怎么可能跳过去呢！""跳不好，我们就会摔成肉泥的！""太可怕了，这和自杀有什么区别？"

鲤鱼小伙伴们你一言我一语，就是拿不定主意。红色的大鲤鱼毛遂自荐："我愿意先跳，我先来试一试。"说完，红色的大鲤鱼游到距离龙门山还有半里路远的地方，开始快速游动，眼看距离龙门山越来越近，它拼尽全力，像离弦的箭一样纵

身一跃，居然跳到了半空中。它俯瞰（kàn）着龙门山的风景，心中暗暗赞叹，身体更加发力，努力腾空向前游去。突然，一团天火烧着了红色大鲤鱼的尾巴，它忍住疼痛，没有抱怨，没有放弃，而是继续拼尽全力朝前跃。最终，它成功地飞过了龙门山，落到了山南边的大湖里。成功跃过龙门山的红色大鲤鱼开心极了，正想高呼，却看到自己在湖水中的影子：原来，它变成了一条巨龙，浑身雪白。

山北的鲤鱼们一直抬头看着天空，亲眼看到红色的大鲤鱼被天火烧掉了尾巴，不由得心惊胆战：“可怜的红色大鲤鱼，一定是被天火烧焦了。”“这太可怕了，我宁愿一直生活在这里，也不想经历那么恐怖的事情！”“我们还是老老实实地留在山北吧，说不定山南面的景色并不比山北面的好看呢！”

正当鲤鱼们议论纷纷时，一条白色的巨龙从天而降，对它们说：“别害怕，我就是刚刚跃过龙门的红鲤鱼。你们看，我变成龙了！你们也要勇敢一些，和我一样跃过龙门去呀！”鲤鱼们听了白龙的话，受到鼓舞，都排着队地跃龙门山。

然而龙门山太高了，只有极少数鲤鱼能够跳过龙门山，变成飞龙。大多数鲤鱼都无法跳过龙门山，从半空中坠落，额头碰到石头，留下黑疤，所以如今在黄河流域龙门山附近的鲤鱼，额头上都还有黑斑呢！

人物介绍

鲤鱼：是我国神话中流传极广的吉祥物。“鲤鱼跃龙门”的故事，常常被用以比喻举业成功或地位高升。

引经据典

《三秦记》：禹凿山断门，阔一里余，黄河自中流下，两岸不通车马。每暮春之际，有黄鲤鱼逆流而上，得者便化为龙。

李寄斩蟒

导语

东越国的庸岭中，隐藏着一条生长了几百年的大蛇，这条大蛇十分凶猛，经常爬出山洞吞噬牲畜，祸害百姓，直到出现了一个名叫李寄的小姑娘……

相传东越国的闽中郡有座庸岭，它又高又大，绵延数十里。在庸岭西北方向的山洞里，住着一条七八丈长的大蛇。这条大蛇已经生长了数百年，身体特别粗，需要十几个人伸开胳膊，手手相连，才能抱住它。因为有了道行，大蛇常常爬出山洞祸害百姓。百姓们都十分惧怕大蛇，为了绕开它，都不敢去庸岭了。

大蛇不但会吞掉牲畜，还会伤害老百姓的性命。为了保平安，百姓们只好把辛辛苦苦养大的家畜都献给大蛇吃，但是大蛇依然贪得无厌，还是经常爬出山洞为非作歹。有的时候，大蛇还会托梦给巫祝，向他们要东西吃。

无论大蛇要多少牲畜，人们都会想方设法地凑齐给它送去。但是有一次，大蛇居然点名要在每年祭祀时吃一个十二三岁的小女孩，这可怎么办呢？

谁家都不愿意把自己的亲生骨肉送给大蛇吃，县官只好想了个办法，从罪犯家中选择适龄的女孩，用来祭祀大蛇。就这样，连续九年，大蛇一连吃掉了九个女孩。

每年快到祭祀的时候，家家户户的大人都愁容满面，生怕自家的女儿会遭殃。到第十个年头，已经没有罪犯的女儿可供大蛇食用了。无奈之下，县官只好张贴告示，重金寻找愿意把女儿献给大蛇的人家。可是就算这样，大家还是谁也不愿意把自己的亲生女儿献出来。

这时，有个名叫李寄的小女孩带着告示去了县衙。原来，她毛遂自荐想要去祭祀大蛇。李寄小小年纪，做出这样的决定，她的父母强烈反对，她却安慰父母：“爹妈只有六个女儿，我虽然不像缇萦（tí yíng）那么能干，但是至少可以用自己换钱给父母养老，我也算死得其所！而且，我还不一定会死呢，我要杀死大蛇再回家！”

李寄让官府为她准备锋利的宝剑和一条凶猛的猎狗。县令看到李寄想要杀死大蛇，虽然不抱任何希望，却还是为李寄准备了宝剑和猎狗。很快，又到了八月初祭祀大蛇的日子。李寄告别父母，带着宝剑，牵着猎狗，独自来到寺庙。

她拿了好多糍粑（cí bā）放在洞口。糍粑又香又甜，才半炷香的时间，大蛇就爬出了洞。只见它的头和粮囤差不多大，眼睛和铜镜差不多大。大蛇闻到糍粑浓郁的甜香气味，一口就把糍粑吞下了肚子。趁着大蛇在吃糍粑，李寄把凶猛异常的猎狗放出去，猎狗立刻冲过去撕咬大蛇。与此同时，她自己也举起宝剑接连刺向大蛇。大蛇既要应付猎狗，又要防范李寄，根本忙不过来。就在猎狗撕咬大蛇的时候，李寄在大蛇的要害部位连刺几十剑。大蛇身受重伤，疼痛难忍，猛然从山洞里窜到寺庙的院子里，苦苦地挣扎了很长时间，终于死了。

李寄走进山洞，把九个女孩的头骨都包裹好，带回了家。后来，东越王听说李寄如此有胆识又勇敢，就娶了李寄当王后，不仅赏赐了李寄的母亲和姐姐们，还让李寄的父亲当了县令。

人物介绍

李寄：相传是汉武帝时期将乐人，她因小时候斩蛇除害而名传古今。

引经据典

《搜神记》：蛇便出，头大如囷（qūn），目如二尺镜，闻糍香气，先啖食之。寄便放犬，犬就啮咋，寄从后斫得数创。疮痛急，蛇因踊出，至庭而死。

鸡犬升天

导语

淮南王刘安饱读诗书，痴迷于道教。他每天都虔诚修炼，有一天居然真的炼出了仙丹。刘安服下了仙丹，飞升而去；就连他家的鸡和狗吃了他遗落在院子里的仙丹，也都飘然升空，成了鸡仙和狗仙。

西汉时期，大名鼎鼎的思想家、文学家刘安，继承了父亲的爵位，称淮南王。淮南王刘安饱读诗书，尤其痴迷于道教的书籍，还萌生了炼丹成仙的想法。因此，他走遍大地，遍寻掌握仙方神术的道人。

有一天，他听说仙翁八公掌握了神秘的炼制仙丹的方法，但是从来没有告诉过别人，因此，他去寻找八公。他历经千难万险也没有找到八公，因为八公云游去了。但是刘安并没有放弃，而是继续马不停蹄地四处寻访。最终，八公被刘安的诚心感动了。

有一天，八公来到刘安家里，把此前一直秘而不宣的炼制仙丹的方法告诉了刘安，并且告诉刘安只要吃了仙丹，即使凡人也会升天成仙的。

这正是刘安想要的。从此之后，刘安每天都潜心修炼，居然真的炼成了仙丹。那些仙丹晶莹剔透，色泽莹润。他知道自己要升天成仙了，赶紧沐浴更衣，净手焚香，吃下仙丹……这时，他觉得自己的身体越来越轻盈，轻飘飘的，仿佛真的飞了起来。过了一会儿，他低头一看，发现自己果然站立在了云端之上。

刘安飞升成仙后，他家的鸡和狗吃了他遗落在院子里的仙丹，也都飘然升空，成了鸡仙和狗仙。在鸡仙和狗仙的簇拥中，刘安渐渐消失了。

人物介绍

刘安：西汉淮南王，汉高祖刘邦之孙，淮南厉王刘长之子。

引经据典

《论衡》：王遂得道，举家升天，畜产皆仙，犬吠于天上，鸡鸣于云中。

董永和七仙女

导语

古时候有个孝子，名叫董永，他为了埋葬父亲，心甘情愿卖身为奴。在前往地主家做苦工的路上，董永遇到了一位美丽的姑娘……

汉朝时，淮南地区有一户贫穷的人家，父子俩相依为命，儿子叫董永。董家父子特别穷，靠着租种地主傅员外家的两亩贫瘠的田地维持生计。每天，他们日出而作，日落而息，把所有的力气都用在了地里。遇到风调雨顺的好年景，他们打下的粮食除了交租给地主之外，剩下的也只能勉强糊口；如果遇到不好的年景，比如发生了干旱或者水患，他们连肚子都吃不饱，生存非常艰难。

这一年，天下大旱，庄稼颗粒无收。地主每天都来催租，董永的父亲急火攻心，居然一病不起。董永非常孝顺，他四处奔走，东借西凑，给父亲买药治病。有一天，当他提着借钱买到的草药回家时，却发现老父亲已经死了。董永伤心欲绝，他身无分文，没有钱给父亲买棺木。思来想去，他决定把自己卖了，换来钱埋葬父亲。

董永的田地是从傅员外家租来的。想到卖身葬父，他第一时间就想到去找傅员外。他对傅员外说："只要您愿意帮我买口棺材埋葬父亲，我愿意免费给您做三年长工，您只要给我吃喝就行，不用给我工钱。"这可是个好生意啊！傅员外暗暗想道。他知道董永身材魁梧，从不吝惜花力气，当即答应了董永的要求。

董永埋葬父亲才三日，就背起简单的行李去往傅员外家。一路上，他愁眉紧锁，唉声叹气，内心非常沉重。走着走着，他来到土地庙旁的一棵老槐树下，便想到树下坐着歇息片刻。

董永到树下刚准备坐下休息，看到有个衣着朴素、美丽端庄的姑娘也向老槐树走来。姑娘主动询问董永："大哥，请问您要去哪里？"

"傅员外给了我棺材埋葬父亲，我要去傅员外家做三年苦工。"董永回答。

"大哥，你的命真是苦啊。我虽然也命苦，不过比你

还要好一些！”姑娘一边说，一边哭了起来。

“小妹，你为何这么伤心呢？”董永问。

“母亲去世，父亲又娶了新妻。后母要把我卖给商人当小妾，我就逃跑了，现在无处可去，所以感到很悲伤。”

“我们的命都很苦啊！”董永叹息着说。

“小妹无家可归，大哥能否收留我呢？我愿意嫁给大哥当妻子，和大哥一起过日子。”

“小妹怎么能这么说呢！”董永赶紧说：“你我这才第一次见面，既没有父母之命，也没有媒妁之言，私下婚配怎么能行呢！”

“大哥不要这么固执啊！如果觉得没有媒人，就请老槐树当媒人吧；再请土地爷给我们当证婚人。你看这样可行？”

“老槐树怎么能当媒人呢？土地爷怎么能给我们当证婚人呢？”董永疑惑不解。

“你可以连问老槐树三声：你愿意为七姐和董永当媒人吗？老槐树如果也接连回应三声，就说明它很愿意。你还可以这样去问土地爷。”

董永怀着疑惑问老槐树：“老槐树啊老槐树，你愿意为我董永和七姐当媒人吗？”

老槐树开口回答：“仙女配贤郎，世间美无双。当然愿意！当然愿意！”

董永连续问了老槐树三遍，老槐树也连续回答了三遍。

董永又去庙里问土地爷：“土地爷啊土地爷，你愿意为我董永和七姐主婚吗？”

土地爷回答："仙女配贤郎，难寻金凤凰。当然愿意！当然愿意！"

董永连续问了土地爷三遍，土地爷也连续回答了三遍。

这天晚上，就在老槐树下，董永和七姐结婚了。

董永带着七姐一起到傅员外家上工，傅员外很不满意，还以董永的卖身契上注明了"无牵无挂"为借口，百般刁难董永，无论如何都不愿意收留七姐。董永苦苦请求傅员外。最后，傅员外虽然勉为其难地答应了，却提出了一个特别苛刻的要求：董永夫妇如果不能在当天夜里就织出十匹云锦，三年的长工就要变成六年的；如果能够织出来，三年的长工就可以变成百日的。董永觉得这根本不可能做到，但是七姐却毫不迟疑地答应了。

夜幕降临，董永愁眉不展地坐在灯前，暗暗想道：别说一夜之间了，就算十夜，也不可能织出十匹云锦啊！看来，傅员外就是想让我们给他白干六年的活儿！他越想越感到可怕，不由得在心中埋怨妻子，觉得妻子不应该答应傅员外如此苛刻的条件。但是七姐却气定神闲，胸有成竹。她让董永赶紧睡觉，还保证自己一定会想出办法解决问题的。

夜深了，周围一片寂静，七姐点燃了一炷“难香”。这是她从天界下凡时，姐姐们赠送给她的。身在天界的仙女们闻到“难香”的味道，知道妹妹在人间遇到了难题，全都从天界下凡，来到傅员外家。听妹妹说完事情的始末，她们马上动手，开始织云锦。仙女们原本就心灵手巧，擅长织造，天还没亮呢，她们就已经织好了十匹颜色鲜艳、柔软光滑的云锦。

次日早晨，董永看着十匹美丽的云锦惊喜万分，暗暗想道：我的妻子一定是仙女下凡吧！他们抱着十匹云锦送给傅员外，傅员外只好兑现诺言，把三年的工期减成百日的。

百日很快就过去了，董永和七姐一起回到家里。七姐这才告诉董永：“我是天上的仙女，听说你卖身葬父，我深受感动，一见到你就爱上了你。如今，我们已经结为夫妻了，很快还将有一个孩子。我们要好好过日子啊！”董永高兴极了，他和七仙女男耕女织，非常恩爱幸福。几年之后，他们还有了一儿一女，一家四口和和睦睦，日子过得越来越好。

后来，玉帝得知小女儿在凡间和董永结为夫妻，当即命令使者传旨给七仙女：务必在午时三刻回到天庭，否则天兵天将就会来捉拿七仙女，并且让董永粉身碎骨。

随着天庭的钟声敲响，已经到午时三刻了。七仙女为了保护董永和孩子，在老槐树下依依不舍地离开人间，回到了天庭。从此之后，董永独自抚养儿女长大，他常常思念着七仙女。

人物介绍

七仙女：我国古代神话中七位女神的总称。有时也单独指七姊妹中最小的七妹。相传她们是玉帝和王母的女儿。

引经据典

《搜神记》：道逢一妇人曰："愿为子妻。"遂与之俱。主人谓永曰："以钱与君矣。"永曰："蒙君之惠，父丧收藏，永虽小人，必欲服勤致力，以报厚德。"主曰："妇人何能？"永曰："能织。"主曰："必尔者，但令君妇为我织缣百匹。"于是永妻为主人家织。

张果老倒骑驴

导语

小朋友们，听说吃了人形的何首乌就会成仙，张果老就是因此成仙的，就连他的毛驴，也一起成仙了呢！

很久以前，有一座山，山上有一座庙，庙里住着一群和尚。有一天，和尚们挖到了一个巨大的何首乌，那何首乌已经长成人形了。相传，凡人只要吃了人形的何首乌，就能得道升仙。但是，只有一个何首乌，却有这么多和尚，这可怎么办呢？

和尚们面对着何首乌，七嘴八舌，议论纷纷，商量了很长时间，才决定用何首乌煮汤，平均分给每个人。他们很快架好了篝火，把何首乌放在锅里，加入了满满一锅水，开始烧火。和尚们又开始争执起来，有人说要把汤与何首乌分开分配，也有人说要把汤与何首乌混合起来分配。眼看着大家争执不休，有个和尚提议："不如我们留下一个人看着大锅，其他人去大殿里投票决定吧！”另一个和尚说：“这可不行，万一留下来的人把何首乌吃掉了怎么办呢？”还有一个和尚说：“反正何首乌在锅里也跑不了，不如我们一起去大殿里投票决定，这样也不用担心留下来的人会吃掉何首乌。”和尚们一致同意，就这样，他们都去了大殿。

和尚们讨论了很久都没有确定到底如何分配。院子里，何首乌已经煮了很久，散发出浓郁的香气。张果老经过寺庙门口，闻到院子里传来的香气，就循着香气来到院子里。他长途跋涉，又累又饿，看到院子里的大锅正“咕嘟咕嘟”冒着热气，忍不住掀开锅盖。张果老看到锅底躺着一个人形的何首乌，就从地上捡起树枝捞出了何首乌，狼吞虎咽地吃掉了。吃完何首乌，他马上觉得浑身舒畅，神清气爽，而且疲劳顿消，全身都充满了力量。这时，

张果老才想起小毛驴还没有吃的呢，因此把锅里剩下的何首乌汤都给毛驴喝了。

吃饱喝足之后，一股倦意袭来，张果老决定在寺庙里找个地方休息休息，再继续赶路。他找到一处有阳光照射的地方，坐着小憩，很快就呼呼大睡，还做了个美梦呢！

和尚们终于商量出了分何首乌的办法，一起来到院子里，却惊讶地发现院子里的大锅中空空如也，不但何首乌不见了踪影，就连一大锅的汤也一滴不剩。和尚们着急了，四处寻找是谁偷吃了何首乌，还把何首乌的汤也喝光了。他们在院子的一个角落里看到张果老睡得正香呢。他们断定是张果老偷吃了何首乌，于是怒气冲冲地拿来棍子，团团围在张果老身边。张果老在睡梦中感觉到一股寒意，睁开眼睛看到一群和尚正手拿着棍棒围着他，不由得吓得魂飞魄散，赶紧冲到毛驴旁，想要骑驴逃跑。

和尚们拿着棍棒狂追。毛驴受到惊吓，狂奔不止。情急之下，张果老拽住毛驴的尾巴，使劲地抽打毛驴的屁股。毛驴的尾巴被拽得生疼，屁股也被打得火烧火燎般疼，它又看到后面有人正拿着棍棒追赶，更加不顾一切地狂奔起来。就这样，和尚们追，张果老拽着毛驴的尾巴跑，他们一路向西，片刻也没有停息，很快就翻过了一道山梁，来到一个大湖旁。

看到张果老前面没有路了，和尚们开心地喊道："好呀，看你还能往哪里跑？"张果老吓得魂飞魄散。正在千钧一发之际，毛驴突然发出一声怪叫，四蹄生风，身体轻盈，居然冲着天空跑去，腾云驾雾地飞起来了。毛驴带着张果老，飞过了大湖，稳稳地落在大湖对岸的小山上。原来，毛驴喝了何首乌汤，也获得了仙力，救了张果老。

从此之后，张果老一人一驴，走上了仙道。

人物介绍

张果老：我国古代神话传说中的八仙之一，他经常倒骑毛驴，日行数万里。

引经据典

《大唐新语》：张果老先生者，隐于恒州枝条山，往来汾晋。时人传其长年秘术，耆老咸云："有儿童时见之，自言数百岁。"

八仙过海

导语

有一年，八仙要去参加神仙大会，途经东海的时候，他们都觉得腾云过海不能彰（zhāng）显各自的仙力，于是纷纷取出了自己的法宝，渡过了东海……

要举行神仙大会了，八仙驾云赶赴会场，途经东海。吕洞宾说：“驾云过海，不能彰显我们的仙力。我提议，我们每个人都拿出看家本领，各显神通，怎么样？”众仙异口同声地回答：“好！”

铁拐李第一个过海。他把拐杖抛入东海，拐杖就像小船一样，轻飘飘地浮在水面上。铁拐李就踩着拐杖，安全到达了对岸。这时，汉钟离拍拍响鼓，说：“接下来看我的。”说完，他把响鼓扔进海里，然后盘腿坐在鼓上，也平安地渡过了东海。

张果老微笑着说：“要论招数高明，还要看我。”他从怀中掏出一张纸，折成一头毛驴，纸驴四蹄落地，马上仰天嘶鸣。张果老倒骑在毛驴背上，高高兴兴地踏浪而行，还挥手向众仙道别呢，很快就到了对岸。紧接着，何仙姑把荷花放入海里，荷花马上变得很大，何仙姑飞到荷花中间站着，任凭海面上波涛汹涌，她却亭亭玉立，看起来美极了。

随后，吕洞宾、韩湘子、曹国舅纷纷用不同的法器当渡船，全都飞入东海，开始渡海。八位神仙在海面上各显神通，兴之所至，还嬉笑打闹，玩得不亦乐乎，无意间在海面上掀起了狂风巨浪，连海底的龙宫都震动了起来。

东海龙王马上带着虾兵蟹将来到海面上查看情况，看到是八仙在打闹，就生气地与他们理论。八仙也不示弱，当即和东海龙王争辩起来。他们大打出手，东海龙王还抓走了蓝采和。剩下的七个仙人紧跟其后，追入龙宫，把龙宫搅和得乱七八糟。后来，曹国舅借助白云板避开海水，才带着大家从龙宫里脱身。东海龙王非但不愿意放了蓝采和，还又追了上来。

其他神仙看到东海上巨浪滔天，七仙和东海龙王打得昏天暗地，赶紧把这件事情告诉了如来佛。如来佛火速赶到，命令七仙和东海龙王都不要再打了，还命令东海龙王马上放了蓝采和。七仙这才作罢。

蓝采和安然无恙地归来，八位仙人一起离开东海，自在逍遥地赶去参加神仙大会了。

人物介绍

八仙：道教中的八位神仙，分别是铁拐李、汉钟离、张果老、吕洞宾、何仙姑、蓝采和、韩湘子、曹国舅。

引经据典

出自《东游记》。

谢端与白衣素女

导语

小朋友们，今天带给你们的是一个关于田螺姑娘的故事。这个田螺姑娘呀，非常勤劳。到底多勤劳呢？你们看了就知道了！

东晋元兴年间，谢端的家里发生了一件非常奇怪的事情。

谢端是个孤儿，很小就父母双亡，也没有亲朋好友，是靠着邻居大娘大婶们的帮助，才长大成人的。他吃百家饭，穿百家衣，转眼之间，已经从稚嫩的孩童长成了十八岁的身强体壮的年轻人。他性格忠厚，为人正直，勤奋刻苦，没有任何不良嗜好。他特别尊敬邻居们，也常常帮助邻居们耕田锄地，修房垒墙，以此来回报邻居们的养育之恩。

邻居们都很喜欢谢端，眼看着谢端长大了，便张罗着要为谢端娶个媳妇，帮助谢端成家立业过日子。但是，暂时还没有合适的人选。

每天，谢端照常早出晚归，在田地里操劳耕作。有一天，他在田地旁的泥塘附近，捡到了一个硕大无比的田螺。田螺有多大呢？它的壳能装得下三升酒。谢端觉得这田螺很不一般，就把田螺带回家，养在了水缸里。

转眼之间，谢端已经把田螺带回家十几天了。每天下地干活之前，他都很用心地准备充足的水和食物；下地干活回家之后，他还会小心翼翼地把田螺从水缸里拿出来，认真观赏。这一天，谢端在安顿好田螺之后，和往常一样早早下地干活，直到夜幕降临才往家里赶。一路上，他边走边想：家里的锅灶都是冷的，晚上，我吃什么呢？不一会儿，他快要到家了，远远地就闻到家里传出来诱人的饭菜香味。谢端三步并作两步地冲入家门，发现桌子上摆放着热腾腾的饭菜。他又去厨房查看锅灶，发现锅灶下面的火还在燃烧着呢！

谢端以为是好心的邻居看到他这么晚还没回来，才帮他做饭的，因而他狼吞虎咽地吃完饭，赶紧去邻居家里道谢。邻居困惑地说："我今天没有帮你做饭，你可不要谢我啊！"谢端以为邻居是故意隐瞒，再次道谢之后，他满怀感激地回家了。

从此以后，谢端每天晚上回到家里，餐桌上都已摆好香喷喷、热乎乎的饭菜。他心中感激，又去感谢邻居。这次，邻居一本正经地说：“你真有意思。看你那么老实的人，怎么还学会故弄玄虚了呢？你一定是偷偷地娶了媳妇。娶媳妇是好事情，不要瞒着我们，也不要说是我们帮你做晚饭的呀！”谢端这才知道邻居的确没有帮他做晚饭，那么每天的饭菜到底是谁做的呢？

谢端决定查明真相，这样才好对做饭的人表示感谢啊！他想啊想啊，终于想出了一个好办法。次日，雄鸡才刚刚叫第一遍，他就扛起锄头下地干活了。等到天亮后，他蹑手蹑脚地回到家里，屏息凝气地站在篱笆墙外，偷偷地观察家中的动静。他惊讶地看到，一位非常美丽的女孩从放田螺的水缸里走出来，在厨房里忙活着。

趁着女孩在厨房里忙活，谢端悄无声息地走进屋子里，走到水缸旁，发现水缸里只剩下了田螺的空壳。谢端大概猜测出是怎么回事了，走进厨房问女孩：“请问，你是谁？为什么要做饭给我吃呢？”女孩看到谢端，赶紧低下头，但是她已经来不及回到田螺壳里了，因此只好告诉谢端：“我是白衣素女，来自天河。天帝觉得你很善良，却孤零零的一个人，特别可怜，所以派我帮你守着家，做好饭菜。这样一来，要不了十年，你就会过上富裕的生活，也能娶上媳妇，我也就可以回去复命了。但是，你发现了我的存在，我现在就得回去复命了。我把田螺壳留给你，你用它装满粮食，不管怎么吃，它都会一直装满粮食。”

谢端请求白衣素女留下来，但是天空中突然电闪雷鸣，风雨交加，白衣素女走进院子里就不见了。

人物介绍

白衣素女：也叫白水素女，相传是来自天河的神女。

引经据典

《搜神记》：答曰：“我天汉中白水素女也。天帝哀卿少孤，恭慎自守，故使我权为守舍炊烹。十年之中，使卿居富得妇，自当还去。”

麻姑献寿

导语

南北朝时期，有一位美丽的姑娘叫麻姑，她的相貌美丽端庄，看起来就像仙女一样。一天，麻姑遇到了一位老婆婆……

麻姑不但长得漂亮，而且心灵手巧，擅长做针线活。她很小就失去了母亲，父亲独自抚养她长大，父亲的脾气非常暴躁。稍微长大一些，麻姑就去大户人家做针线活，赚钱贴补家用。

麻姑非常孝顺父亲。有一次，她在大户人家做完针线活，因为活儿做得好，所以得到了一个桃子作为额外的奖赏。她看桃子又红又大，舍不得吃，想把桃子带回家给父亲吃。她小心翼翼地把桃子揣在怀里，朝家走去。

来到街上，麻姑就看到路边有一群人正围在一起。她很好奇，走过去想看个清楚，这才发现在人群中间，有一位穿着黄色衣服的老婆婆倒在地上，气若游丝。

围观者说："这老婆婆肯定很久没吃东西了，要是这会儿有东西给她吃，说不定她还能活。但是如今兵荒马乱，谁都没有东西吃，而且这里又远离村子，根本来不及去找吃的啊！"大家议论纷纷，都只站在那里看着，并没有人真的想办法给老婆婆一口吃的。麻姑从怀里拿出桃子，蹲在老婆婆身边，一口一口地，把整个桃子都喂给老婆婆吃了。

这个桃子又大又甜，鲜美多汁。老婆婆吃完了整个桃子，很快就醒了过来，也能说话了。旁观者都称赞麻姑心眼好，还说麻姑好人有好报。

老婆婆已经很多天没吃东西了，尽管吃了整个桃子，但还是觉得很饿。她对麻姑说："好心的姑娘，谢谢你救了我。你有粥汤吗？我还想喝点儿粥汤……"

当时兵荒马乱，又连年饥荒，家家户户的粮食都很紧张，很多人都因为缺少食物而饿死。麻姑不忍心看着老婆婆饿死，毫不迟疑地答应道："我现在就回家煮粥汤，您稍等片刻，我马上送来。"话音刚落，麻姑就飞奔回家煮粥去了。

父亲得知麻姑把珍贵的桃子给老婆婆吃了，

还跑回家去煮粥给老婆婆吃，勃然大怒，不由分说地把麻姑锁在家里，不允许她再去给老婆婆送粥。

麻姑始终牵挂着老婆婆。等到夜深人静，父亲睡着了，麻姑端着粥偷偷溜出家门，来到白天老婆婆昏倒的地方。她借着月光才发现，老婆婆白天躺着的地方空空荡荡的，只有一个桃核。麻姑捡起桃核放在怀里，暗暗想道：都怪父亲把我锁在家里，我才没有送粥给老婆婆吃！正在这时，父亲找到麻姑，生气地把麻姑推搡回家，还狠狠地打了麻姑一顿。

麻姑伤心地哭着，躺在床上，很快就睡着了。麻姑刚刚闭上眼睛，就看到了老婆婆。老婆婆依然穿着白天的黄色衣服，满面笑容地朝着麻姑走来，说："好孩子，你受委屈了。你别担心，我很好。我们将来一定会再见面的。"说着，老婆婆飘然而去。

次日早晨，麻姑起床之后，把那颗桃核种在院子里。一个月过去，桃核就长成了一棵高高大大的桃树。到第二年正月，桃树上就硕果累累，结满了大桃子。每一个桃子都又大又红，看起来特别美味。麻姑摘下桃子，慷慨地送给逃难的老人们吃。老人们吃了麻姑的桃子之后，不但觉得肚子饱了，而且神清气爽，身体充满活力；曾经困扰他们的头疼脑热等各种病痛，也都奇迹般地消失了。原来，这位老婆婆不是普通人，是天上的王母娘娘下凡。

后来，麻姑的父亲在战场上立了功，皇帝封他做了大官，还让他负责修建新的皇宫。父亲为了向皇帝邀功，一心只想早日修好皇宫，因此对服役的老百姓们特别恶劣，总是盯着他们昼夜不息地干活。此外，他还规定，所有劳工必须等到鸡叫了，才能休息片刻。麻姑看到大家都累得精疲力竭，非常同情他们，就趁着夜幕降临，躲在鸡窝里学鸡叫。每次，只要麻姑开始学鸡叫，周围的鸡就都跟着叫起来，这样一来，老百姓们终于有时间休息了。但是，父亲很快就发现了是麻姑在捣乱，非常生气，决定痛打麻姑一顿。

麻姑听到消息，赶紧逃到山上去了。父亲更加生气，想要放火烧山，逼出麻姑。此时，王母娘娘正好经过，她早就知道麻姑是个好心的女孩，现在却要遭此厄运，因而救出了麻姑，让麻姑跟在她的身边。

农历三月初三是王母娘娘的生日，王母娘娘准备举行蟠桃大会，邀请各路神仙都来参加。得到王母娘娘的旨意，百花、牡丹、芍药、海棠四位花仙一起来邀请麻姑参加大会。四位花仙子送上仙花为王母娘娘祝寿。麻姑在绛珠河畔用灵芝酿造了很多美酒，装了满满一坛子，带给王母娘娘作为寿礼。寿酒异常醇厚，坛盖刚刚打开，就浓香四溢。神仙们闻到浓郁的酒香，都夸赞麻姑蕙质兰心，也纷纷恭祝王母娘娘有口福，万寿无疆。

王母娘娘称赞了麻姑，并且封麻姑为“女寿仙”，从此，麻姑献寿的故事广为流传。

人物介绍

麻姑：又称寿仙娘娘、虚寂冲应真人，我国民间信仰的女神，属于道教人物。

引经据典

《坚瓠秘集》：麻姑，麻秋之女也。秋为人猛悍，筑城严酷，督责工人，昼夜不止，惟鸡鸣乃息。姑有息民之心，乃假作鸡鸣，群鸡相效而啼，众工役得以休息。父知后，欲挞之。麻姑逃入山中，竟得仙而去。

柳毅传书

导语

书生柳毅科考落榜后，在回乡的路上遇到了一位美丽的姑娘独自在荒郊野外牧羊。这位姑娘原本是洞庭龙君的女儿，成亲后在婆家备受欺凌。柳毅十分同情她的遭遇，决定去洞庭龙宫送信……

书生柳毅住在湘江岸边。他和很多读书人一样，去京城长安参加科举考试，却没考中，因而决定回家。

柳毅有个同乡客居泾阳，临行时，他决定辞别同乡。他骑马走了六七里路，一群鸟突然从路边的田野里扑棱棱地飞出来了。马儿受到惊吓，不受控制，居然离开道路，狂奔不止，跑出去五六里路才停下。

柳毅坐在马背上被颠得骨头都要散架了。马才刚刚停下，他就从马背上下来，牵着马，想要活动活动腿脚。突然，柳毅看到有个漂亮的姑娘正在前方不远处牧羊呢，不由得心中困惑：这里地处偏僻，这个姑娘为何孤身一人放羊呢？

柳毅细细观察，看到她满面愁容，愁眉紧锁，身上的衣服非常破旧。

柳毅走过去问姑娘：“你的家在哪里？你为什么独自在这荒野里？你遇到什么难处了吗？”姑娘沉默了很久，又哭了很长时间，才回答：“我的命太苦了。原本，我不好意思告诉你，但是我实在是太苦了，也就不怕你笑话了。”

说完，姑娘擦了擦眼泪，告诉柳毅：“我的父亲是洞庭龙君，我是家里最小的女儿。父母做主，非要把我嫁给泾川龙王的二儿子。我不愿意，但是又不能违背父母之命，只好嫁了。泾川龙王的二儿子生性浪荡，游手好闲，不务正业。我想，我既然已经嫁给他了，就要劝他改过自新。他却因此而记恨我。他的身边有很多女人，为了争宠，那些女人都在他面前说我的坏话。他更加恨我，每天都折磨我，我只好向公公婆婆诉说实情。没想到，公公婆婆都偏袒他们的儿子，反而把我赶到这里。我简直太苦了！”说着，龙女号啕大哭起来。

柳毅原本想安慰她几句，但是一时之间不知道该说什么。过了一会儿，龙女恢复了平静，接着说：“这里距离洞庭特别远，有几千里路要走呢。我站在这里都看不到家，只能看到白茫茫的一片。我原本想托人捎信给父母，却没有合适的人选。我听说先生要回家乡，会路过洞庭湖，所以想托先生为我带一封信。先生，您可愿意帮我的忙？”

柳毅听了龙女的话，愤愤不平地说：“我最看不惯这样的不平之事。如果我有翅膀，我现在就给你送信。只是洞庭湖烟波浩渺，我只是普通人，只能在陆地上行走，如何能把信送到呢？”

听到柳毅如此仁义，龙女感动得热泪盈眶，说：“洞庭湖南岸有一棵高大的橘树，人称社橘。你到了橘树下，解下头上的皮革束带，系上我给你的丝带。接下来，你只要在树干上连续叩击三下，就会有人出来。你跟着来人朝着洞庭湖里走，即使再大的水浪也阻挡不了你。恳请你把我在这里的情况告诉我的父母，这样他们才会早日来接我啊！”

柳毅说：“你放心吧，我一定不负所托！”

柳毅把龙女的信件揣在怀里，昼夜赶路，没有片刻停息，很快就赶到了洞庭湖畔。他按照龙女所说的方法，顺利地进入了洞庭湖下的龙宫。他把龙女的亲笔书信交给洞庭龙王，并绘声绘色地描述了龙女的悲惨生活。

龙王得知最疼爱的小女儿正在受苦，心疼不已。龙王的弟弟钱塘君性格刚直，疾恶如仇，听说侄女嫁到夫家遭受欺辱，勃然大怒。他腾空而去，诛杀了泾河逆龙，把龙女接回了洞庭龙宫。

龙女爱上了善良正直的柳毅，钱塘君也很喜欢柳毅。但是柳毅帮助龙女完全是出于正义，而且他丝毫不为龙宫里的金银珠宝所动。因此当钱塘君在酒宴后逼着柳毅娶龙女为妻时，柳毅虽然也喜欢龙女，却不想乘人之危，克制住自己对龙女的喜爱，毅然拒绝了钱塘君的逼婚。

柳毅离开了龙宫，过回了普通人的生活。龙女却没有忘记柳毅，她好不容易才从痛苦的包办婚姻中逃离出来，再也不愿意接受父母安排的婚配，始终默默地爱着柳毅。后来，柳毅的妻子去世了。龙女变身民妇来到鳏（guān）居的柳毅身边，与他结婚，给他生子之后，才说出实情。柳毅被龙女的真情感动，从此，和龙女幸福地生活在了一起。

人物介绍

钱塘君：龙女的叔叔，疾恶如仇，勇猛异常。

引经据典

出自唐朝李朝威《柳毅传》。

宝莲灯

导语

二郎神杨戬（jiǎn）的妹妹三圣母，因为和凡人成亲，被二郎神压在了华山下。多年后，三圣母的儿子沉香长大成人，得知了母亲的遭遇后劈开华山，救出了母亲。

很久以前，华山脚下的村庄常常被瘴雾笼罩，每年死去的人和牲畜不计其数。三圣母娘娘来到华山，用神奇的宝莲灯为老百姓驱散瘴雾，让老百姓过上了好日子。

为了继续为老百姓驱除瘴雾，三圣母留在了华山，住在雪映宫里。很多老百姓都来找三圣母求签问卜，消解忧愁。渐渐地，三圣母的名气越来越大。书生刘彦昌进京赶考，正好路过华山，因而决定去雪映宫拜见三圣母，求签卜问前程。

不巧的是，刘彦昌来求签的时候，三圣母正好外出赴

宴，雪映宫里只有看门的童子。童子不敢贸然赐签给刘彦昌，因而接连给了刘彦昌三支空签。刘彦昌想到自己十数年寒窗苦读，心中愤愤难平，提笔在墙上作诗一首，讽刺三圣母。三圣母回到雪映宫，看到墙上的诗，非常生气，马上就去追刘彦昌，想要与刘彦昌理论。不想，在看到刘彦昌的那一刻，三圣母就爱上了刘彦昌。她一路追随刘彦昌，后来又从劫匪手中救了刘彦昌。巧合的是，刘彦昌也对三圣母一见钟情，他们很快就结为夫妻。

过了不久，刘彦昌进京赶考，三圣母和凡人成亲的事情也传到了玉皇大帝的耳中。玉皇大帝大发雷霆，当即命令三圣母的哥哥二郎神抓捕三圣母回到天庭。三圣母面对二郎神，义正词严，不愿意跟随二郎神回天庭。二郎神一怒之下，把三圣母压在华山下，囚禁起来。在华山底下，三圣母很快就生下了儿子沉香。她让贴身仆人把沉香送给刘彦昌，刘彦昌这才知道三圣母因为触犯天规，被囚禁在华山底下。

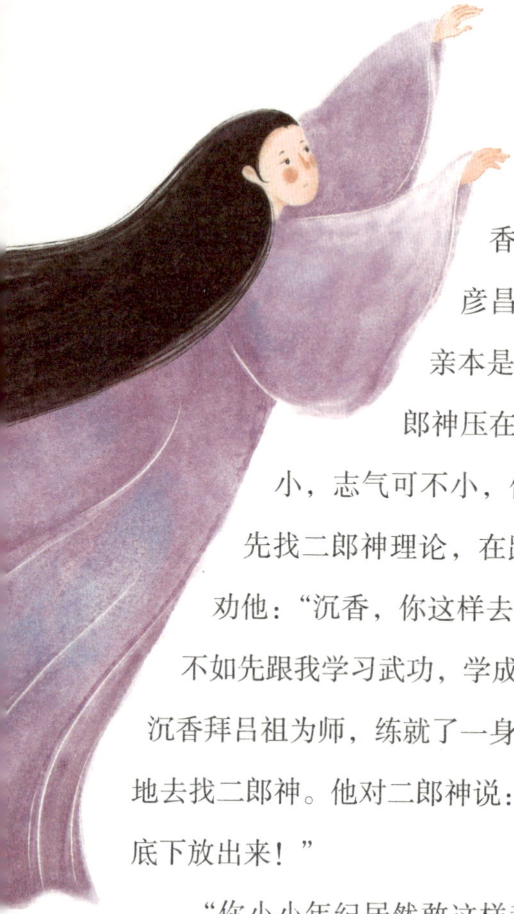

刘彦昌和仆人一起抚养沉香长大，等到沉香十岁时，刘彦昌告诉沉香：“孩子，你的母亲本是三圣母，后来被你的舅舅二郎神压在了华山底下。”沉香年纪虽小，志气可不小，他决定救出妈妈。沉香计划先找二郎神理论，在路上遇到了道人吕祖。吕祖劝他：“沉香，你这样去找二郎神根本不能打败他，不如先跟我学习武功，学成之后，你再去找二郎神。”沉香拜吕祖为师，练就了一身超强的武艺，这才胸有成竹地去找二郎神。他对二郎神说：“舅舅，请把我母亲从华山底下放出来！”

“你小小年纪居然敢这样和我说话，我必须给你点颜色瞧瞧，让你知道我的厉害！”二郎神说着，就与沉香打起来。三天三夜过去了，二郎神与沉香不分胜负。最终，沉香夺得了宝莲灯，二郎神无奈地交出了华山的钥匙——一把熠熠闪光的月牙斧。

沉香拿到月牙斧，飞速赶往华山，他迫不及待地劈开华山，救出母亲，全家终于团聚了。在华山西峰峰顶的翠云宫前，有一块很大很大的石头，石头旁有一条巨大的裂缝，据说，那就是沉香用月牙斧劈山救母的地方。

人物介绍

沉香：神话传说中的人物，相传是三圣母的儿子，二郎神杨戬的外甥。

引经据典

出自元杂剧《沉香太子劈华山》。